PROTÉGEONS LE VIVANT !

PROTÉGEONS LE VIVANT !

RECUEIL

Nouvelles, articles, poèmes, bd, illustrations

Au profit de l'association Animal Cross

Couverture :

Fanny Pierot et Liane Langenbach

Signature des animaux (empreintes) :

Marion Berho

© 2023 Sibille Claire

Dépôt légal : mars 2023

Édition : BoD – Books on Demand, info@bod.fr

Impression: BoD – Books on Demand, In de Tarpen 42, Norderstedt (Allemagne)

Impression à la demande

ISBN : 978-2-3221-5871-3

"Le code de la propriété intellectuelle n'autorisant, aux termes des paragraphes 2 et 3 de l'article L122-5, d'une part, que les "copies ou reproductions strictement réservées à l'usage privé du copiste et non destinées à une utilisation collective" et, d'autre part, sous réserve du nom de l'auteur et de la source, que "les analyses et les courtes citations justifiées par le caractère critique, polémique, pédagogique, scientifique ou d'information", toute représentation ou reproduction intégrale ou partielle, faite sans consentement de l'auteur ou de ses ayants droit, est illicite (art; L122-4). Toute représentation ou reproduction, par quelque procédé que ce soit, notamment par téléchargement ou sortie imprimante, constituera donc une contrefaçon sanctionnée par les articles L 335-2 et suivants du code de la propriété intellectuelle. »

« Ce sont nos valeurs et nos manières d'être qui mènent, à ce que l'ONU nomme, je cite, "une situation de menace existentielle directe".
Tant que vous nommerez "croissance" le fait de raser un espace gorgé de vie pour le remplacer par un espace commercial, fut-il neutre en carbone, nous n'aurons pas commencé à réfléchir sérieusement. »

Aurélien Barreau, Université d'été 2022 du Medef

Table des matières

Ont participé à ce recueil	8
Soutien éditorial : *Frédérique Anne*	9
Animal Cross	11
Préserver la biodiversité, un enjeu humaniste	13
Claire Sibille	16
Le Taureau Blanc	19
Jean-Baptiste Andrea	21
Marion Berho	23
Il reviendra	25
Nadia Bourgeois	32
À travers tes yeux	35
Liane Langenbach	44
Les Limiers	47
Éric Mangattale	58
Un cri dans la forêt	61
Thibault Marlin	63
Gardienne de l'humanité	65
Maureen Mellet	72
Hakim H.	75
Mona Messine	84
L'ordre du jour : « Humus, parlons-en ! »	87

Cléa Mosaïque	95
Fin de règne	97
Céline Picard	104
Vivant	108
Fanny Pierot	111
La cour des miracles	113
Claire Sibille	116
Bibliographie commentée	119

Ont participé à ce recueil

Jean-Baptiste Andrea, Marion Berho, Nadia Bourgeois, Marie Garin, Liane Langenbach, Eric Mangattale, Thibault Marlin, Maureen Mellet, Mona Messine, Cléa Mosaïque, Céline Picard, Fanny Pierot, Claire Sibille.

Vous trouverez leur présentation et les raisons de leur engagement après leur contribution.

Soutien éditorial : *Frédérique Anne*

Frédérique Anne a réalisé le suivi éditorial de ce recueil, en travaillant avec chaque auteur.e.

Qui est Frédérique ?

Coach littéraire, elle accompagne des auteurs, débutants ou confirmés, dans leurs projets de romans. Depuis plus de 15 ans, elle anime des ateliers d'écriture, et forme de futurs animateurs. Très tôt, elle a innové en créant les ateliers par courriel. Aujourd'hui, elle anime les ateliers consacrés au roman pour le magazine LIRE MAGAZINE LITTERAIRE.

Auparavant, elle a été professeur de lettres, puis a occupé des postes en entreprise et dans la fonction publique, dans le domaine des ressources humaines, de la communication, et de l'innovation. Depuis 7 ans, Frédérique Anne enseigne à l'Institut Français de Presse, dans le cadre de l'Université Paris 2 Panthéon-Assas. Elle anime un TD "Écriture de fiction" pour des étudiants en master.

Pourquoi a-t-elle participé à ce recueil ?

Son engagement associatif est constant : depuis 10 ans, elle accompagne des familles indiennes dans une ONG développant des programmes de soutien scolaire dans le Tamil Nadu, avec une préoccupation constante sur la scolarisation des jeunes filles. Elle est présidente de l'association Constances, qui rassemble les volontaires de la Cohorte Constances, constituée par l'INSERM pour accompagner les chercheurs ; l'association veille tout particulièrement à la sécurité des données de santé.

En octobre 2022, pour le Festival international ET MAINTENANT ? créé par France Culture et Arte, pour « regarder et débattre ensemble des idées, foisonnantes au demeurant, qui sont aujourd'hui posées à nous tous » , elle a créé l'atelier "Le voyage immobile, écrire pour diminuer son empreinte carbone".

Contact : https://frederiqueanne.fr/

Animal Cross est une association de protection animale créée en 2009. Elle agit sur toute la France pour défendre aussi bien les animaux de compagnie que les animaux d'élevage et les animaux sauvages.

L'association sensibilise le grand public à la souffrance animale et propose des alternatives. Elle travaille par exemple régulièrement avec les parlementaires et les élus. Elle fait évoluer les lois et les règlements et obtient des changements, comme la nouvelle loi sur la zoophilie ou celle sur la maltraitance animale, à laquelle elle a largement contribué.

Concernant les animaux de compagnie, l'association agit sur le terrain pour que cesse la maltraitance des animaux. Elle procède à des centaines d'enquêtes chaque année pour des chiens, des chats mais aussi des équidés. Pour soustraire les animaux à leurs propriétaires maltraitants, Animal Cross engage de nombreuses actions judiciaires. Puis l'association accueille, soigne et réconforte les animaux récupérés en famille d'accueil ou chez ses partenaires, avant de les mettre à l'adoption.

Concernant les animaux sauvages, elle défend le loup, l'ours, les bouquetins ou les animaux susceptibles d'occasionner des dégâts. Dans tous les cas, elle œuvre pour une meilleure cohabitation entre la faune et les

Hommes. Ainsi elle dénonce par exemple l'absence de protection des troupeaux. Elle travaille pour multiplier **les zones de libre évolution** en France, dans lesquelles la faune sauvage peut vivre en toute tranquillité.

Contact : https://www.animal-cross.org
https://www.maltraitance-animale.fr/
Facebook : https://www.facebook.com/animalcrossasso
Instagram : https://www.instagram.com/animalcross/
Bibliographie :

Vocation : l'animal sujet de droit, propositions pour de nouveaux horizons, Animal Cross,192 pages. A commander sur le site d'Animal Cross : www.animal-cross.org

Préserver la biodiversité, un enjeu humaniste

En 1964, en Amérique, l'assassinat ultra-violent d'une jeune femme, Kitty, a bouleversé l'actualité. Pourquoi un tel écho populaire dans un pays qui compte des centaines d'homicides par million d'habitants ? Ce qui a créé un électrochoc dans la population - et chez les psychologues qui ont étudié la question - c'est que pas moins de 38 voisins ont assisté au crime depuis leur fenêtre pendant plus d'une demi-heure, et aucun n'a réagi. Ils pensaient que *l'autre* ferait le boulot, ou, comme le justifie un de ces témoins : *je n'ai rien fait parce que ma femme m'a dit de ne pas me mêler de ce qui ne me regarde pas*.

Le « syndrome Kitty Génovèse » ou « bystander effect » - assister à un événement sans s'impliquer - était né. Les chercheurs ont constaté que plus le nombre de témoins est important, plus le « bystander effect » s'applique. Ainsi, si vous êtes seul sur un chemin de montagne et croisez une personne en difficulté, il y a de fortes chances que vous réagissiez, sauf à être psychopathe. Mais une voiture en détresse sur le bas-côté alors que vous êtes dans une file ininterrompue ? *Quelqu'un a sûrement déjà appelé les secours...*

Alors quand presque huit milliards d'individus assistent plus ou moins passivement à la destruction de la biodiversité par quelques milliers d'autres, le « bystander effect » agit à plein.

Mais au cas où vous échapperiez au premier, il existe un autre syndrome paralysant. Celui du *témoin impuissant*. Celui-là s'enracine dans toutes les fois où vous avez assisté, petit, aux disputes entre vos parents, à la maladie ou à la mort d'un proche, à toutes sortes d'événements traumatiques. Le *témoin impuissant* a 4 ans, même s'il en a cinquante, et regarde Papa frapper

Maman, ou tout autre événement traumatique, sans pouvoir intervenir. Il est sidéré. Paralysé. Et facilement amnésique, car il utilise la protection du déni pour continuer à vivre. Voire à survivre.

Les 15000 morts de la canicule 2022 en Europe, bilan encore très incomplet donné par l'OMS, et combien de millions d'animaux, et combien de millions d'arbres, sont ainsi rapidement oubliés, car nous devons tenir le coup et continuer tous les matins à prendre la voiture pour aller nourrir nos enfants.

Mais si nous voulons survivre, il faut changer notre rapport au vivant, comprendre son unité complexe et multiforme, sortir de l'illusion de la séparativité avec ses conséquences dramatiques en termes d'exploitation et de destruction.

Beaucoup l'ont déjà compris pour la diversité humaine. Nous ne sommes qu'une humanité quelle que soit la couleur de notre peau. Il est temps d'appliquer cette conscience aux êtres sensibles non humains. Nous ne sommes qu'un Être vivant aux multiples facettes. C'est la richesse de cette diversité qui rend la résilience possible.

Aujourd'hui la biodiversité est enfin à l'ordre du jour. Impossible d'allumer la radio sans en entendre parler. Elle suit l'autoroute ouverte par le changement climatique, dont les conséquences dramatiques sur l'humanité sont plus perceptibles que la disparition d'un oiseau en Europe ou d'une grenouille en Amazonie.

Antonio Guttérès, le secrétaire général de l'ONU, a ouvert la COP 27 avec des mots très forts, parlant même de *suicide collectif*. *Les militants du climat sont parfois dépeints comme de dangereux radicaux, alors que les véritables dangereux radicaux sont les pays qui augmentent la production de combustibles fossiles*, a-t-il osé dire face aux gouvernants du monde entier.

De nombreux penseurs, philosophes, anthropologues[1], éthologues comme Sophie Gosselin[2] ou Franz de Vaal[3] proposent de nouvelles visions du monde, paradoxalement proches de celles des peuples premiers. *Nous sommes la Nature qui souffre*, disent-ils tous, chacun dans leur langage. Sortons de la pensée cartésienne qui nous a coupés de l'Univers dans un but utilitariste. Retrouvons l'empathie, le lien avec le Vivant qui nous traverse. Retrouvons cette ancienne mentalité, proche de l'animisme, devenue aujourd'hui ré-évolutionnaire.

La planète nous survivra. Elle est par nature résiliente. Des mouches arrivent à se développer au-dessus des vapeurs de pétrole, des scorpions et des araignées sont revenus coloniser les décombres d'Hiroshima au milieu des radiations. Mais attaquer chaque jour cette corne d'abondance nous fait perdre notre humanité, de la même façon qu'un enfant qui continue à maltraiter les animaux après avoir grandi montre qu'il n'a pas su adoucir la cruauté paradoxale de l'innocence par le développement de la conscience et de l'empathie. C'est en général un très mauvais signe…

Le recueil que vous tenez entre les mains est né dans le besoin et l'urgence d'agir, de sortir de l'impuissance,

---

[1] Voir bibliographie et filmographie en fin d'ouvrage.
[2] **Sophie Gosselin** philosophe, membre du comité de rédaction de la revue Terrestre, co-autrice de *La condition terrestre, habiter la Terre en communs,* éditions du Seuil, collection Anthropocène, octobre 2022.
[3] **Franz de Vaal**, éthologue, *L'âge de l'empathie*, LLL, 2010.

dans un été où la Nature exprimait sans discontinuer sa souffrance et les limites de sa tolérance, y compris dans les zones de notre planète qui peuvent paraître le plus protégées.

Soutenir une association dont les moyens d'action au profit de la biodiversité sont avérés semblait le plus efficace. Car pendant tout ce temps, ce temps où nous avons regardé ailleurs pendant que la maison brûlait avec les plus fragiles de ses habitants, figés dans l'un ou l'autre des syndromes décrits plus hauts ou tout simplement indifférents, inconscients, trop pris par la vie quotidienne, des voix ne se sont jamais tues.

Et, parmi elles, celles des associations comme Animal Cross, auxquels les bénéfices de ce livre sont entièrement reversés.

Les auteurs de cet ouvrage ont leurs propres motivations pour agir. Ils les présentent, ainsi qu'eux-mêmes, à la fin de chaque contribution.

Mais chacune, chacun, a répondu présent pour ce projet collectif, et ce n'est pas la moindre des qualités de ce livre de réunir des artistes d'origine et d'expression si différentes.

Merci à elles et eux d'avoir participé à cette aventure collective. Merci aux lecteurs de leur donner raison d'avoir consacré à ce livre un temps de création.

Car la fiction peut apporter à l'écologie de nouveaux imaginaires, différents et complémentaires de ceux amenés par les sciences et les discours politiques.

Claire Sibille, **coordinatrice du recueil**

Qui est Claire ?

Écrivaine, Psychothérapeute[4], je vis dans le Sud-Ouest de la France, au cœur de la nature, au milieu d'une forêt, lieu propice tant à la guérison des blessures qu'à l'inspiration. J'y ai vu grandir mes enfants, et le temps libéré par leur envol me permet de m'impliquer encore davantage, non seulement dans l'écriture, mais aussi dans mes deux combats fondamentaux : l'écologie et le féminisme. Ils sont d'ailleurs intimement reliés dans une pensée et une pratique : l'Écoféminisme. J'adhère sans réserve à cette vision du monde, et m'emploie à la vivre au mieux, au côté d'un compagnon qui partage ces engagements.

Dernières parutions :
Juste un (très) mauvais moment à passer, BOD, 2022. Recueil de nouvelles sur les traumatismes de l'enfance.
Inventaires, Novice, 2022, roman. Prix du roman non publié.
https://www.clairesibille.fr/2023/02/bibliographie-claire-sibille.html

Pourquoi a-t-elle participé à ce recueil ?

Mes parents ont fait partie des 100 premiers adhérents au Parti écologiste en France. On était dans les années 70, il fallait protéger les vautours et les gypaètes Barbus, il était question du retour des ours dans les Pyrénées, on commençait à camper au col d'Orgambidesca en période de migration des oiseaux pour protéger les palombes. Nous aidions à nourrir les alors rares vautours fauves, je me rappelle leurs grosses pattes et leur énorme bec, impressionnants pour la petite fille que j'étais. Mais très

---
[4] Écothérapie, art-thérapie, ateliers d'écriture thérapeutique, EMDR.

drôles aussi. Les chasseurs maladroits amenaient à mes parents leurs animaux blessés, des militaires et des touristes les « NAC[5] » ramenés sur un coup de tête et dont ils ne savaient plus quoi faire … On a eu de tout à la maison, un refuge de faune sauvage avant qu'ils ne se multiplient, des fennecs aux mangoustes en passant par les buses et les serpents, les hérissons et les chouettes, les araignées et les scorpions en pleine activité reproductrice.

C'est ainsi que chaque agression que subit la biodiversité, et elles sont innombrables aujourd'hui, blesse non seulement la femme que je suis mais la petite fille que j'étais. Alors, pour elles deux, je me suis lancée dans cette aventure de coordonner un recueil collectif au profit d'une association en laquelle j'ai confiance, Animal Cross.

Contact : www.clairesibille.fr
https://www.instagram.com/clairesibilleecrivaine/

---

[5] NAC : nouvel animal de compagnie, depuis les pythons jusqu'aux poules, en passant par les tortues et les singes…

Le Taureau Blanc

Il était une fois un jeune torero. C'était à Séville, aux premiers temps de la Guerre Civile. Tous s'accordaient à dire qu'il était talentueux, qu'il donnait la mort comme personne, à part la Mort elle-même. Mais la guerre réduisait le nombre de corridas, et le torero passait sa vie à chercher le *toro* le plus dangereux, le plus féroce, l'animal qui assurerait sa célébrité en un seul combat.

Le torero avait une femme d'une grande beauté et d'une grande douceur. Il l'aimait plus que tout au monde, sauf peut-être la *muleta,* l'étoffe rouge qu'il agitait sous le nez des taureaux. « Tu n'as pas besoin de l'arène, lui disait-elle. Tu n'as pas besoin de l'habit. Tu n'as besoin de rien, puisque tu m'as moi et que je t'ai toi ». Le torero répondait : « Je veux te couvrir de bijoux, t'habiller de lumière, comme moi, je serai l'égal de ce garçon, Manolete, dont on parle à Madrid. Je me baignerai dans le sable, je me baignerai dans le sang, j'en reviendrai célèbre et tu le seras aussi ».

La guerre avança, la jeune femme tomba gravement malade – tuberculose. Le torero avait peu d'argent, d'autant qu'il passait ses journées à sillonner la contrée à la recherche d'un adversaire digne de lui. Mais il avait des amis, qui réunirent une somme suffisante pour envoyer son épouse dans un pays de montagnes. Le torero demeura à Séville. Deux mois s'écoulèrent, les nouvelles de son épouse étaient rares, la guerre coupait les chemins. Un jour, un message lui parvint des environs de Grenade. Un éleveur avait entendu parler du torero, il pensait avoir l'animal qu'il cherchait.

Le torero entreprit aussitôt le voyage. Lorsqu'il arriva, un spectacle le saisit. Un taurillon tournait dans un enclos. Entièrement blanc. Sitôt que le torero approcha, émerveillé, l'animal à la couleur si rare fonça tête baissée vers la barrière qui les séparait et en défonça la moitié. Le torero avait trouvé son adversaire.

Il rentra chez lui, mit sa maison en vente pour financer l'achat de la bête, qu'il voulait combattre à l'âge adulte. Peu après, une lettre arriva, à demi déchirée. Elle datait de deux semaines, son épouse avait rendu l'âme, loin dans ses montagnes. Le torero la pleura longuement et se reprocha amèrement sa vanité, qui l'avait éloigné de la femme qu'il aimait plus que tout au monde, à part peut-être la *muleta*. Ses amis le consolèrent, le pressèrent de songer à l'avenir, de se préparer au combat de sa vie. Alors le torero patienta, quatre longues années. Il se remaria avec une fille du village qu'il avait connue autrefois. Le *novillo* grandit, devint *toro*. Tout Séville se réunit pour voir le taureau blanc combattre – on l'avait jusqu'alors tenu à l'écart de l'arène. Sitôt qu'il émergea du toril, sitôt qu'il vit son matador, l'animal fondit sur lui. Le torero fit quelques passes, jaugeant cet adversaire étrange qui s'arrêtait, interloqué, chaque fois qu'il l'évitait. Lors du deuxième *tercio*, le matador planta trois paires de banderilles dans le dos de la bête. Et le beau blanc, déjà éteint par la poussière, se couvrit de carmin. Sans cesse le taureau revenait, refusant de s'éloigner, de plus en plus proche, compliquant le travail des passes. Le torero n'avait pas travaillé quatre années en vain. Et lorsque l'animal épuisé avança, tête baissée, à la fin de la *faena*, le matador le laissa lui toucher la poitrine, sous les vivats de la foule. Puis il l'estoqua. Le taureau blanc tomba à genoux et même là, une dernière fois, poussa de son mufle les mollets du vainqueur, refusant la défaite. La foule en délire porta le torero à travers la ville. Le combat, légendaire, assura sa richesse et sa réputation. Il œuvra longtemps, et se retira invaincu à l'âge de soixante-dix ans, entouré de sa femme, de ses enfants et de ses petits-enfants. Et lorsqu'il regardait sa vie, son seul regret était de ne pas s'être tenu près de la femme qu'il aimait plus que tout au monde – peut-être même plus que la *muleta*, commençait-il à penser – lorsqu'elle avait rendu l'âme sur une montagne lointaine.

Il avait quatre-vingts ans, il sentait son temps compté, lorsqu'un courrier arriva. C'était une lettre du fond des temps, raide, jaune, estampillée de 1940, qu'on avait retrouvée coincée derrière un meuble de tri lors de la réfection d'un bureau de poste de Madrid. Une lettre que lui avait écrite sa femme, depuis son sanatorium en Suisse, et qui disait ceci :

Il ne me reste plus beaucoup de forces, je sais maintenant que je vais partir. Ne sois pas triste. Hier soir, j'ai fait un rêve. Tu sais que ma grand-mère était un peu sorcière et que je crois à ces choses. Dans ce rêve, ma grand-mère, justement, me disait que je n'allais pas mourir, pas vraiment, que je vivrais désormais sous une autre forme : un taureau, mais un taureau différent des autres, tout blanc. Alors si d'aventure nos chemins se recroisent, un jour, ne t'étonne pas de voir courir vers toi, mon amour, un grand taureau blanc.

Jean-Baptiste Andrea

Le Taureau Blanc est extrait du roman : *Des diables et des saints,* paru aux Éditions l'Iconoclaste, que nous remercions ainsi que l'auteur.

Qui est Jean-Baptiste ?

Jean-Baptiste Andrea est un écrivain, scénariste et réalisateur français.

Ses trois romans : *Ma reine, Cent millions d'années et un jour, Des Diables et des Saints,* tous parus initialement aux Éditions de l'Iconoclaste, ont reçu de nombreux prix littéraires renommés.

En tant que scénariste et réalisateur, il écrit ses premiers films en anglais et reçoit plusieurs prix pour son film *Dead End* réalisé avec Fabrice Canepa.

Pourquoi a-t-il participé à ce recueil ?

J'ai eu la chance de grandir dans la nature, ou jamais loin. Pour autant, ma sensibilité à l'environnement n'a pas été automatique. J'ai dû l'apprendre, à force de fréquenter la nature et la vie animale. Je suis aujourd'hui végétarien, écologiste convaincu, le tout depuis quinze ans. Mais je dois me rappeler qu'il n'en fut pas toujours ainsi. Je garde de cette expérience l'idée qu'il n'est jamais trop tard pour changer. J'essaie de ne pas traiter ceux qui ne sont pas sensibles à notre cause, et il y en a, comme des ennemis, malgré la colère qui m'anime parfois. Il est important de parler, d'expliquer, de transformer. C'est le but de ce recueil. De faire voir quelque chose d'invisible jusqu'alors, que l'on ne pourra plus jamais ne pas voir.

Marion Berho a réalisé les empreintes des animaux, cosignataires de ces textes. La marque de leur patte, comme un sceau validant le texte, vient renforcer l'idée d'un monde unique à partager, une *biocénose*, du grec ancien *vie* et *commun*, c'est-à-dire une communauté d'organismes vivants interdépendants et coexistant au sein d'un milieu donné[6].

Elle a également créé le petit escargot qui marque la fin de chaque contribution.

Les différents textes de ce recueil, articles, nouvelles, poèmes, bd, sont classés par ordre alphabétique des auteur.es, lisez-les donc dans l'ordre que vous voulez.

Qui est Marion ?

Il y a bientôt six ans, je quittais La Réunion, cette île à la végétation luxuriante, pour venir dans le Sud-Ouest suivre un Master en valorisation du patrimoine. Je me suis rapidement réorientée vers la communication et tout particulièrement le graphisme. Actuellement dans l'Éducation Nationale, je souhaite continuer à travailler avec des adolescents pour continuer de donner du sens à mon travail et leur partager des valeurs et passions qui me façonnent.

Pourquoi a-t-elle participé à ce recueil ?

La cause animale vibre en moi depuis mes six ans et mon face à face avec Zelda, la chienne de la famille. Ses poils roux, son museau fin et allongé ainsi que ma méconnaissance m'ont poussée à rentrer en hurlant "Maman, maman, il y a un renard dans le jardin !". Ce

---

[6] **Marquis Arsène**, in *Des vivants et des luttes, l'écologie en récit*, Wildproject/littérature, 2022, page 89.

n'était pas un renard, mais c'était une des plus belles rencontres de ma vie. Depuis, les animaux me fascinent. Déjà au collège, je demandais à passer mes vacances d'été en tant que bénévole à la SPA. Alors participer à ce recueil au profit d'Animal Cross me semblait évident.

Loin d'être à l'aise avec les mots, je suis heureuse de pouvoir apporter une pierre à l'édifice avec une de mes passions, le dessin.

Mais au-delà de toutes ces raisons, j'ai une question à poser : nous vivons sur cette planète grâce à la biodiversité qu'elle abrite et dont l'être humain fait partie. Faut-il donc une autre raison pour participer à une action au profit d'une association de protection de la Nature ?

Il reviendra

Mon pelage noir et or est taché du sang de la haine de deux hommes que j'ai malencontreusement provoqués. Il fait sombre, cependant je distingue leurs déplacements non loin de moi. La lune pleure tout son opale sur la folie de l'instant. Le corps vacillant soudain raidi, je tente de me donner des allures de puissant. Le cou tendu, les crocs menaçants, j'attends. Les forces viennent à me manquer, je n'en ai plus pour longtemps. Je pourrais m'allonger près de cet arbre devant lequel je me tiens, fermer les yeux et m'allonger. Me reposer, enfin. Ma tête s'incline légèrement, je la redresse soudain. Non, tenir bon. Je revois des images de la veille : le visage fermé de Clara, concentrée sur la route. Les enfants assoupis à l'arrière de la voiture, les mains d'Hugo crispées sur le volant, son regard fuyant. Les roues qui crissent sur le bas-côté, puis plus rien.

Tenir, oui, il va revenir…

On dit d'un berger allemand qu'il n'a qu'un seul maître. C'est vrai. J'aime ma petite famille mais mon maître, c'est Hugo. Il m'a adopté alors que je n'étais qu'un tout jeune chiot et m'a même donné le biberon. Longtemps, nous avons partagé à deux le quotidien d'un homme et d'une bête. Hugo est sportif. J'aimais quand, célibataire, il m'invitait à grimper à l'arrière de la voiture et qu'il nous conduisait au parc à proximité de chez nous. Il le traversait à petites foulées, je trottinais à ses côtés, tenu en laisse. Venait ensuite l'instant où le parc étant presque désert, il me lâchait pour me laisser courir comme un fou dans tous les sens en poussant des aboiements bruyants. Une fois notre énergie bien dépensée, nous rentrions fatigués mais heureux à notre domicile.

Et puis il y a eu l'arrivée de Clara. C'est une brave fille, on s'est reniflés et elle a compris. Elle n'a jamais tenté de se mettre entre lui et moi. Je l'ai adoptée. La famille s'est ensuite agrandie. D'abord Matisse et enfin Cyrielle. Je les ai tout de suite aimés. Mon instinct protecteur m'amène à me tenir sans cesse à leur côté. J'aime jouer avec eux. Quand ils s'absentent trop longtemps dans la journée, ça m'angoisse. Où sont-ils actuellement ?

Je perçois nettement des cliquetis qui me tirent de ma rêverie. Ce froissement dans les branches, ce n'est pas le vent. Ça sent l'homme. Ils approchent. Mon regard doit avoir le même éclat métallique que l'arme que je devine prête à m'abattre. Je réprime un grognement. Il me faut m'enfoncer un peu plus avant dans le bois pour me dissimuler.

La journée avait pourtant bien commencé. On partait en voyage, je le sentais à l'agitation inhabituelle qui régnait quelques heures auparavant. Cela changeait de l'ambiance étrange installée à la maison ces derniers temps. Hugo ne partait plus travailler. Il passait ses journées devant l'ordinateur ou à passer des coups de fil. Je me réjouissais à l'idée de l'avoir plus souvent près de moi mais j'ai vite déchanté. Curieusement, il ne s'était jamais montré aussi distant, préoccupé. Et puis, il y a eu cette période où il s'est absenté souvent. Il rentrait le soir, éreinté. Lui et Clara regardaient longuement des annonces d'appartements et je l'ai entendu un jour répondre à Clara d'un air grave : « Non, pas ça, ils euthanasient là-bas ». Les jours ont passé jusqu'à ce que ce matin, un gros camion emporte l'essentiel de la maison.

Je pressentis que l'on partait sans doute pour longtemps cette fois.

Je revois encore la scène. Je me la suis repassée en boucle durant mon errance de ces dernières heures dans ce coin paumé : mon maître passe devant moi sans me voir et charge de lourds bagages dans le coffre de la voiture. Ma maîtresse crie après les enfants qui chahutent en se courant après dans le salon. Matisse a chipé le doudou de Cyrielle qui le poursuit en poussant des cris de protestation. Tout aussi excité qu'eux, j'aboie en leur tournant autour. Hugo les sermonne, m'ordonne de me taire. Clara a bouclé les valises, rassemblé les sacs qu'Hugo attrape aussitôt énergiquement pour les caser dans le coffre de la voiture. Elle fait monter les enfants à bord du véhicule et les attache précautionneusement avant d'attraper son sac et de s'installer à l'avant sur le siège passager. Je grimpe à l'arrière et j'aboie de contentement. Je renifle la tête des enfants installés juste devant moi puis je me couche. Je sais que le trajet va durer et que je dois me montrer patient. Après un dernier tour pour vérifier que tout est fermé et qu'ils n'ont rien oublié, Hugo se met au volant et donne un baiser à Clara. Ils ont l'air sérieux. On est fin prêts pour le départ.

Le paysage défile à vive allure. Chaque détail raconte une histoire, je sens une odeur d'herbe fraîchement coupée en passant la tête par la vitre ouverte. Les oreilles en arrière, la gueule ouverte, la langue pendante, je halète. On dirait presque que je souris. C'est vivifiant, le vent est chaud. À l'intérieur, les enfants se sont assoupis. Je passe ma tête dans l'espace entre les deux sièges avant pour la poser sur les genoux de Cyrielle et j'observe Hugo. Quand il monte dans la voiture, je vois ses yeux dans le rétroviseur. J'essaie de les saisir au miroir mais ils sont loin, ils fixent la route, ils sont silencieux. Clara a baissé les siens, elle ne fait pas de bruit non plus. Leur silence m'inquiète, il s'étire sans fin.

La route est droite et le paysage monotone. D'ordinaire, l'ambiance est animée. Clara et Hugo échangent longuement en écoutent de la musique. Je vois au sommet de son crâne qu'elle fait un imperceptible mouvement de tête vers le bas. Il braque le volant et tourne à droite. La route est plus sinueuse et étroite, Hugo a ralenti et évite les nids de poule pour ne pas réveiller les enfants. On s'enfonce sur cette route presque déserte où les arbres au garde-à-vous en rangs serrés semblent s'écarter au fur et à mesure que l'on avance. Ils dévorent le soleil et il fait soudain plus sombre. C'est triste. J'ai hâte de parvenir à notre nouvelle maison. De me dégourdir les pattes et de courir avec les enfants, de sauter sur les jambes d'Hugo avant de m'amuser ou me quereller avec des chiens que je ne connais pas, vivant aux alentours.

Au bout de ce qui me paraît une éternité, j'entends un bruit régulier, familier. Ce bruit, c'est celui que fait le clignotant quand Hugo est sur le point de tourner où de se garer sur le bas-côté. Il coupe le moteur, regarde Clara qui ne dit toujours rien. Il descend et ouvre le côté où je me trouve. Je suis tout joyeux à l'idée qu'il me permette de courir un peu. L'endroit semble propice, des arbres, denses, s'enfoncent le long d'un chemin dont on ne voit pas l'extrémité. Ça sent l'humidité des sous-bois. Je hume l'air, je remue la queue.

- Allez, Jim ! Viens, on va faire un petit tour, on en a bien besoin.

Clara reste à l'intérieur pour surveiller les enfants. Hugo met un genou à terre pour m'enlever le collier et me caresser le dos. Au moment où il tourne son visage vers moi, j'en profite pour lui lécher la joue. Ses yeux brillent, et les miens aussi sans doute, tant je suis heureux. Je jappe en remuant la queue. Il ramasse un bout de bois à proximité, se redresse et le jette loin devant lui. Hugo s'absente fréquemment. Je le vois peu désormais, il est trop occupé mais c'est mon maître et c'est lui que j'affectionne le plus. Aussi quand il a un moment pour jouer avec moi, même si je ne suis plus tout jeune, je ne résiste pas au lancer de bâton. Je ne boude pas mon plaisir alors je cours le rattraper et le lui rapporte immédiatement. Il tapote mes flancs et le jette à nouveau plus loin cette fois. C'est notre rituel, j'aime ça. Je file récupérer le bâton qui s'est perdu au milieu des arbres. Je flaire et je finis par le retrouver. Je le prends dans la gueule et quand je reviens, j'aperçois Hugo qui court vers la voiture. J'accélère, le bâton dans la gueule. Hugo monte dans la voiture, je ne comprends pas ce nouveau jeu. Attend-il que l'on emporte ce bout de bois avec nous ? Malgré la surprise, je poursuis. La portière arrière ne s'ouvre pas. Je lâche ma prise et je me précipite pour me dresser sur mon arrière-train et coller mes pattes avant sur la vitre du conducteur. Clara a fermé les yeux, Hugo a le regard vissé sur le volant, il tente de démarrer mais le moteur tousse, cale. Sa main tremble sur la clé de contact. Les enfants se réveillent. Matisse se frotte les yeux et me voit aboyer puis gémir. Il parle à ses parents. Cyrielle se réveille aussi, tout le monde parle, j'entends crier. Cyrielle se met à pleurer. Je repose mes pattes au sol et j'aboie plus fort. Hugo et Clara ne me regardent toujours pas. Ne me voient-ils pas ? Que se passe-t-il ? Je me place devant le véhicule. Le moteur rugit. Les yeux humides, Hugo manipule le volant pour manœuvrer sur le côté afin de m'esquiver puis accélère en faisant crisser les pneus sur les cailloux qui jalonnent le bord de la route.

J'aboie et je m'élance à leur poursuite. Ils m'ont oublié, ils ne m'ont pas vu. Il s'est passé quelque-chose que je ne m'explique pas. Je cours à en perdre haleine, en vain. Le véhicule s'éloigne, se transforme en point à l'horizon jusqu'à disparaitre tout à fait. Le soleil a décliné et j'ai beau flairer, je ne sais où aller. Revenir à l'endroit où ils m'ont laissé et les attendre ou avancer et tenter de les rejoindre ? Je tourne sur moi-même, je gémis, je hurle. Rien n'y fait, point de Hugo.

Je suis revenu sur mes pas. Je me suis dit qu'ils allaient sûrement faire demi-tour pour venir me chercher. J'avais l'intention de ne pas bouger, de rester bien en vue afin qu'ils puissent me retrouver facilement.

Il reviendra. Il revient toujours.

Mais le temps a passé et toujours rien. J'ai donc quitté mon poste pour errer dans la direction qu'ils avaient empruntée, à la recherche d'une odeur, d'un indice. Rien… Quand l'heure est devenue bleue, tenaillé par la faim, j'ai décidé de chercher de quoi manger. Je suis arrivé aux abords d'un village. Juste avant, il y a une ferme. À peine ai-je pénétré la cour qu'un malinois s'est précipité sur moi en aboyant férocement, les crocs en avant. J'ai montré les miens. Comme moi, c'était un gardien et je venais malencontreusement de violer son territoire. Il a grogné, s'est élancé vers moi pour me sauter dessus et me mordre. Je me suis défendu rageusement. J'ai rendu morsure pour morsure et au milieu des grognements et des aboiements que nous émettions, je voyais les visages d'Hugo et Clara, nos promenades joyeuses, les premiers pas de Cyrielle.

Ces visions s'accompagnaient confusément de cris d'hommes. Alertés par notre violent combat, un jeune homme et un plus âgé se sont approchés. Malgré cette intrusion je ne me suis pas laissé perturber, je n'ai pas lâché ma proie jusqu'à ce qu'elle s'effondre. Le malinois a poussé un glapissement aigu avant de s'effondrer au sol. J'ai vu le jeune en colère foncer sur moi avec un bâton pour me rouer de coups. Je l'ai mordu au mollet. Juste un peu pour l'effrayer. Une femme a poussé un hurlement lugubre puis j'ai entendu une déflagration déchirer l'air. J'ai senti une douleur me traverser l'arrière-train. J'ai vu l'homme réamorcer son arme et me viser. La femme a aidé le jeune homme à se relever. Je me suis enfui, j'ai évité la seconde balle par miracle. Les hommes ont crié, j'ai entendu des portières claquer, un moteur tourner. Il fallait que je me cache. Je me suis enfoncé dans les bois, ils me traquent depuis. Je les sens qui se rapprochent de moi davantage. Ils ne me lâcheront pas, je le sais.

L'heure bleue a cédé la place à la nuit. L'obscurité est belle, elle a une consistance un peu ouatée. Je sais en distinguer les nuances à la clarté de la lune. Les branches noires des arbres la griffent, en agrippent quelques lambeaux. J'avance en boitant sous sa lumière, des glands et des brindilles craquent sous mes pas. Dans ma cavale, j'ai malencontreusement marché sur un tesson de bouteille égaré sur mon chemin. Le coussinet de ma patte avant droite saigne, je peine à la poser à terre, cela ralentit ma progression. Mais ce n'est pas cette blessure qui me cause le plus de tracas. Celle de mon arrière-train est plus douloureuse encore. J'ai très mal, ça me lance et ça me brûle. J'ai beau lécher ma plaie, la douleur est lancinante. J'entends des bruits qui me font dresser les oreilles. Il est facile de me retrouver, il suffit de suivre les traces de sang que j'ai laissées. Plus que quelques mètres et…

Épuisé, je me couche finalement, je pose ma tête sur mes pattes. Je sens cette odeur si particulière des sous-bois envahir mes narines. Quelques heures plus tôt, non loin d'ici, je m'ébattais et chassais le bâton avec Hugo. Demain, nous irons sans doute à la plage et j'irai à la rencontre des vagues. Je m'ébrouerai ensuite au-dessus de Matisse et Cyrielle qui pousseront de petits cris d'excitation et Clara me réprimandera. Je pousse un soupir. Des branches d'arbre craquent à quelques centimètres de moi. J'entends leur respiration. Le plus âgé braque son fusil sur moi. Je ferme les yeux et j'attends.

Oui, je vais attendre, il reviendra.

Nadia Bourgeois

Qui est Nadia ?

Nadia Bourgeois est l'auteure de la pièce *Le cube* adaptée sous le titre *Bouge ton cube* au théâtre Victoire par Xavier Viton et Nicolas Delas depuis janvier 2015. Reprise également par la compagnie « En décalé » avec Loïc Labaste. Elle a également écrit une comédie, *Castings et castagnettes*, jouée à partir de juillet 2018 par Laëtitia Slescka. (titre ponctuel *Auditions* de janvier 2022 à décembre 2024).

Elle a publié :

- *Comment trouver un homme assorti à son sac à main*, aux éditions La Boîte à Pandore en février 2017.
- *La femme en Formica,* une nouvelle dans l'anthologie *Loin du cœur* chez Beta Publisher Éditions, en novembre 2021.
- *Castings et castagnettes*, aux éditions Nouvelles Traces en septembre 2022

Elle anime également des ateliers d'écriture à Bordeaux et dans ses alentours.

Pourquoi a-t-elle participé à ce recueil ?

J'ai toujours aimé les animaux. Enfant, j'ai eu la chance d'avoir des chats, un chien loup et par la suite, un berger Allemand pour compagnons et je me souviens de l'amour inconditionnel dont ils sont capables. La maltraitance animale me choque. Pour moi, cela équivaut à faire du mal à un enfant.

J'ai l'impression que certaines personnes oublient qu'elles ont affaire à un être vivant. Cela me chagrine profondément. Un chien n'abandonne pas son maître.

Je comprends que les accidents de la vie rendent parfois difficile la capacité à assumer la charge d'un animal. Pour autant, est-il nécessaire d'aller jusqu'à leur infliger parfois des tortures sans nom ? Il existe des solutions moins barbares. J'aimerais que les gens soient informés des dispositifs qui permettent à leur animal d'avoir une seconde chance.

C'est dans cette optique que j'anime des ateliers d'écriture sur la biodiversité auprès de collégiens de la ville du Teich, en faveur de la protection de la faune et la flore, pour les sensibiliser à la protection de la biodiversité en collaboration avec l'artiste peintre Myriam Pardiac qui réside sur la commune et l'intervention de Victoria Buffet et Célia Dupouy, membres de la L.P.O (Ligue Protectrice des oiseaux) de Villenave d'Ornon.

Contact :

https://www.cours-ecriture-nadiabourgeois.com/

https://nadiabourgeois.com/

https://www.facebook.com/nad.bgs

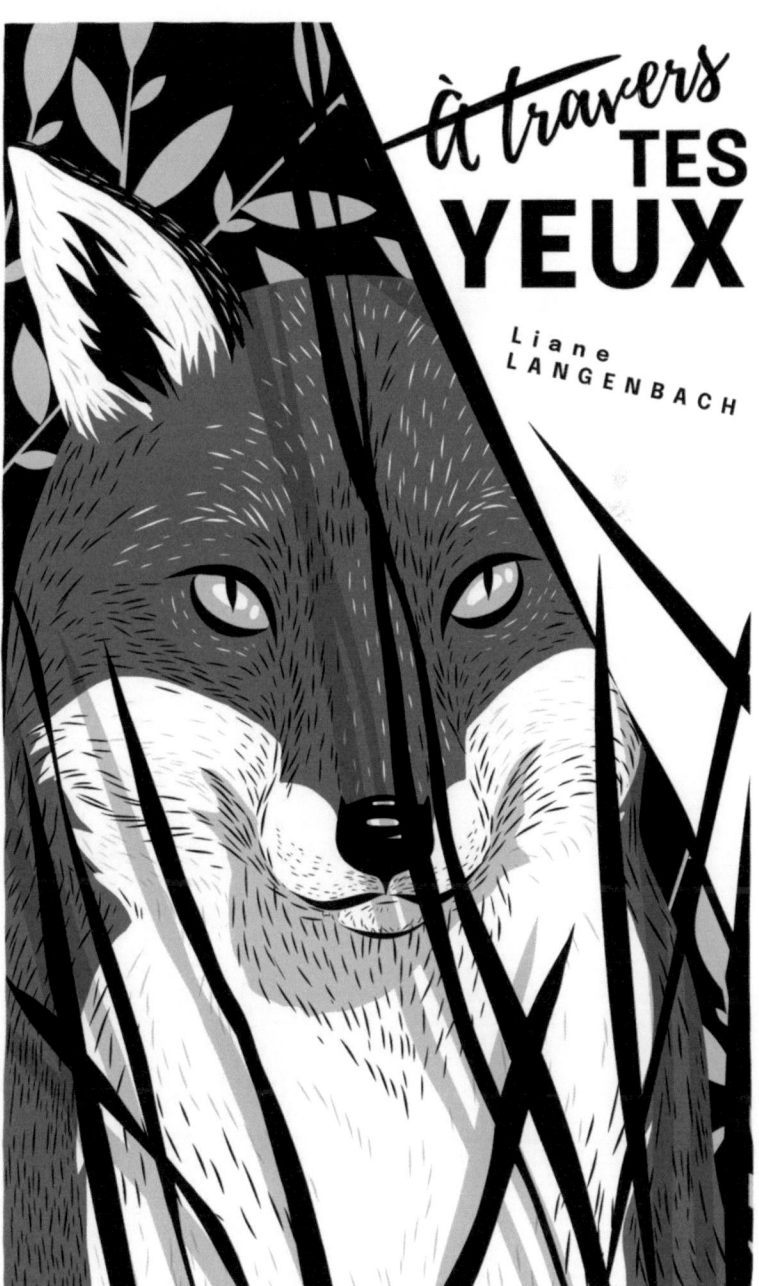

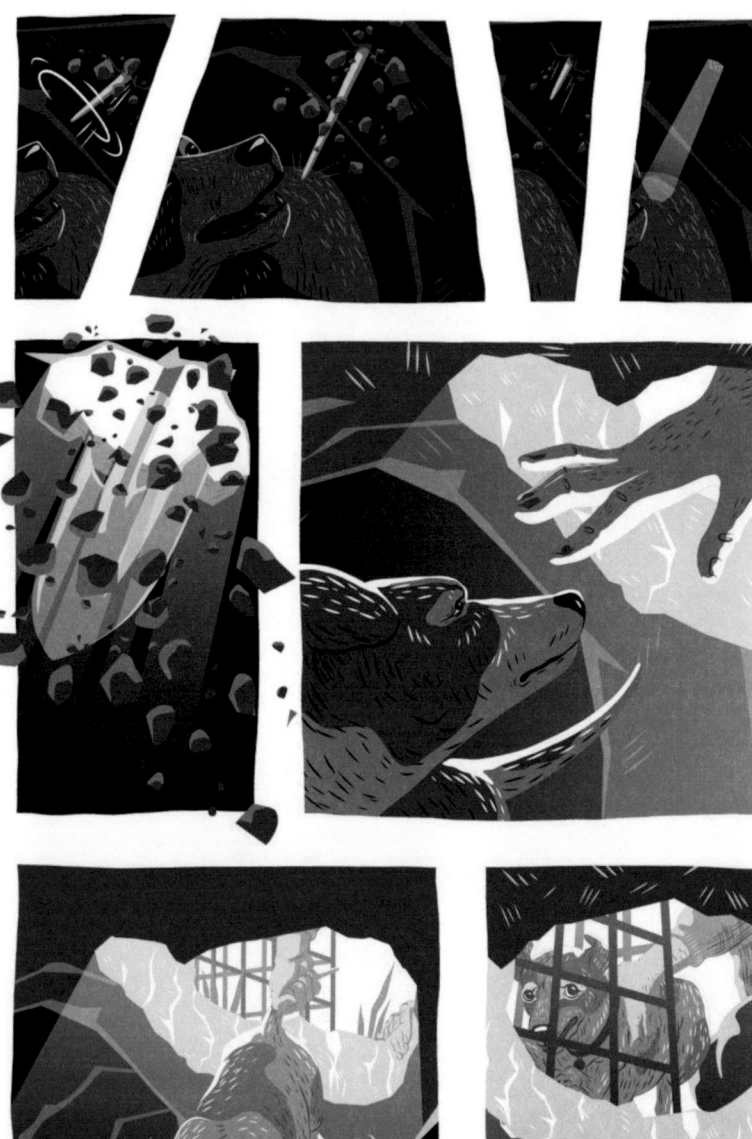

Qui est Liane ?

Liane a fondé en 2017 un studio créatif où elle exerce en tant que directrice artistique et illustratrice.

Le studio travaille pour des entreprises et associations engagées et écoresponsables : centres de tri des déchets, entreprises de couches lavables, centres de médiation animale, traiteurs zéro déchet et vegans, studios d'écoconception web…

Pourquoi a-t-elle participé à ce recueil ?

En parallèle, Liane collabore en tant qu'illustratrice sur divers projets d'édition parlant d'écologie et de mode de consommation alternatifs :

- *On ne sauvera pas le monde avec des pailles en bambou*, Anaëlle Sorignet, éditions De Boeck Supérieur, 2019.
- *Pépites, recettes engagées de nos quartiers*, Coll. & Association V.R.A.C Bordeaux, éditions Sud-Ouest, 2020.
- *Bordeaux durable & solidaire, Le guide pour vivre et voir la métropole autrement*, Marie & Élise Depecker, éditions Sud-Ouest, 2021.

Le zéro déchet et le minimalisme font partie de sa vie depuis des années. Sa sensibilité écologique se porte sur les questions de la (sur)consommation et de la production de déchets, et de leur impact sur la nature, les océans et la biodiversité. Son studio est partenaire de l'ONG Surfrider Foundation Europe, qui œuvre sur ces problématiques.

Contact : https://www.instagram.com/studio.liane/

Les Limiers

Marti Borras referma un tiroir et rangea quelques affaires éparpillées sur son bureau. Il prit même le soin de glisser des papiers dans des chemises cartonnées et d'y écrire au feutre des références que lui seul comprenait. Ensuite, il les plaça dans l'armoire métallique derrière lui. Pour bien faire, il dut écraser quelques classeurs et chemises. Il était temps de penser à un archivage définitif de certains dossiers mais il verrait ça plus tard. Pour l'instant, l'affaire qui le préoccupait était celle des deux morts, un homme politique en place, du parti de droite, et une Catalane indépendantiste, dans le même lit. Il l'aimait tellement qu'il avait épousé sa cause contre son courant politique. On peut tout faire par amour, se battre pour des causes, ou même tuer, Borras l'avait déjà constaté dans maintes affaires. Il avait également découvert à l'occasion tout un système de corruption systémique qui touchait tous les partis en place, de gauche comme de droite, et apparemment chacun se tenait par la barbichette. Cet homme en était un des rouages. Avait-il décidé de se retirer ? Qui menaçait qui ? Tout le monde tenait tout le monde, et Borras voulait donner un foutu coup de pied dans cette fourmilière répugnante.

La nuit était tombée depuis bien longtemps et il pouvait voir à travers la fenêtre de son bureau une animation inquiétante dans le parc Apolo de Barcelone. Une armée de déshérités, aux visages injuriés par les affres de la vie et grotesquement accentués par quelque famélique réverbère, avait baissé les armes. C'était un tableau de Francis Bacon et Baselitz réunis, des êtres esquintés sens dessus-dessous, tapis dans la pénombre, révélés dans cette pauvre lumière. Allongés paisiblement, des chiens faméliques observaient leurs maîtres guère mieux lotis. Ils les veillaient simplement, prêts à se battre pour eux en cas d'attaques de rivaux. Ainsi, contre vents et marées, ils restaient les meilleurs amis de ces hommes déchus.

Borras, sur le départ, enfila son caban et éteignit la lampe de son bureau pour mieux observer une dernière fois ces pauvres bougres. Certains, une bière à la main, en haranguaient d'autres allongés sur des matelas immondes récupérés dans les rues crasseuses. Ils ne daignaient ni répondre ni bouger, écrasés sans doute par une journée d'errance infructueuse. Borras assistait quasiment tous les soirs au même spectacle qui était bien pire aux beaux jours. L'hiver avait la faculté d'écraser la misère et de la garder discrète. L'été, quant à lui, l'aidait à s'exprimer au vu de tous. Le téléphone retentit et l'arracha à ses réflexions désabusées. Il se précipita vers son bureau et décrocha, c'était Casado qui le voulait séance tenante dans son bureau, à l'étage supérieur.

« Asseyez-vous Borras. L'inspecteur s'exécuta en silence et attendit, non sans inquiétude, que le nouveau commissaire envoyé par Madrid développe le sujet de cette entrevue.

- Connaissez-vous la chasse au lièvre Borras ?
- Euh, oui, enfin pas personnellement, mais j'en ai plus ou moins déjà entendu parler,
- Ah, oui c'est vrai, vous êtes Catalan ! il dit ce mot en pinçant ses lèvres, comme s'il évoquait une espèce de vilaine chose,
- Et donc ?
- Donc ? Eh bien ! Le fait que vous soyez Catalan est déjà une indication en soi. Votre province est la deuxième de notre belle Nation à avoir aboli la

tauromachie en 2011. Heureusement, notre prestigieux et bienveillant Tribunal Constitutionnel a invalidé cette misérable initiative, alors vous pensez bien que la chasse au lièvre ne risque pas de trouver grâce dans cette région iconoclaste,
- Si vous le dites,
- Oui je le dis, je le pense aussi, la tauromachie et les corridas font partie du patrimoine culturel de la Grande Espagne et il en va de même de la traditionnelle chasse au lièvre, je parle de celle avec les « galgos[7] » bien sûr, la seule qui compte. Cette pratique date du moyen-âge et dans ma famille c'est une religion,
- Une religion moyenâgeuse, donc !

Casado feignit de ne pas saisir l'ironie de son subordonné. Il restait bien droit sur son siège surélevé derrière son bureau, face à Borras et ce qu'il représentait, ce que le commissaire honnissait le plus, l'esprit d'indépendance. Le doute, tant abominé, s'installait. Casado le sentait s'immiscer pernicieusement, il devrait trancher ou garroter quelques mauvaises têtes, pour le respect des traditions. Il fallait bien que quelqu'un s'en charge.

- Oui, une religion que je pratique avec ma famille depuis toujours, mon père, mes oncles, mon grand-

---

[7]Galgo : le **lévrier espagnol** est un chien de chasse d'assez grande taille que l'on reconnaît à son corps mince, sec et souple, tout en élégance. Énergique et actif en extérieur, utilisé pour la chasse au lièvre, au renard mais aussi au sanglier. Il se montre calme, discret et affectueux comme animal de compagnie. Malheureusement, il lui arrive d'avoir des maîtres de mauvaise compagnie. **Pour en savoir plus :**
https://www.sudouest.fr/environnement/chasse/bordeaux-une-mobilisation-pour-sensibiliser-au-sort-des-levriers-espagnols-13865756.php

père, nos enfants, tout le monde participe à cette pratique, et vous savez pourquoi ?
- Non, Borras ne faisait décidément aucun effort pour se rendre plus aimable et plus accommodant. Il savait au fond de lui qu'il commettait une erreur due à son orgueil, mais c'était plus fort que lui,
- Eh bien, réfléchissez un peu mon vieux ! La tra-dition, voilà l'un des piliers de notre belle nation, « la tradition », celle qui permet la transmission d'un savoir, d'un esprit de corps, celle qui évite les questions existentielles inutiles, celle qui permet de se retrouver autour d'une même cause, d'un même but. Laissez-moi vous raconter un peu. Dans quelques semaines toute ma famille sera réunie chez un de mes oncles, dans la ferme familiale en Castilla-La Mancha. Ça sera une joie de nous retrouver tous pour un grand dîner, à raconter des anecdotes maintes fois entendues mais pour le plus grand bonheur de tous, et aussi pour éduquer nos enfants, pour les préparer à relever le flambeau qui s'est allumé dans ma famille en 1518, sur ces mêmes terres, lorsque mon ancêtre, bâtard du seigneur local, prit pour épouse la fille d'un métayer. Il reçut de son père, en cadeau de mariage, ces terres et le nom de Casado[8] lui fut attribué officiellement. Il n'en demeurait pas moins un bâtard sous le regard attentif et parfois belliqueux de son père. Casado, impétueux et valeureux savait d'où il venait, à qui il devait ses possessions et plus tard, ses armoiries. Alors, il respectait son sang et tenait son rang, c'est ce que chacun de nous se doit de faire pour que notre grande patrie ne parte pas à vau l'eau à cause de

---

[8] Casado : « marié » en Espagnol.

quelques énergumènes qui n'ont ni sens des valeurs ni sens du devoir. Le dîner ne s'éternisera pas trop tard car chacun voudra garder de belles forces pour le lendemain. Bien avant l'aube, l'un des moments les plus importants de l'année pour nous tous, nous nous rassemblerons dans la salle, autour de la grande table, en tenue de chasse, mon grand-père le patriarche, mes oncles, mon père, nos enfants en âge de participer. Les femmes seront là à préparer le petit-déjeuner et les sandwiches, et aussi pour nous prodiguer leurs encouragements. Nous entendrons les aboiements des chiens sentant l'heure approcher, celle de la chasse, la vraie, sans fusil, comme on peut encore le faire ici, le dernier bastion de cette tradition ancestrale. Arrivés au beau milieu des terres, caillouteuses, accidentées, recouvertes d'arbustes et de futaies nous lâcherons alors les chiens, des dizaines qui se mettront à courir frénétiquement pour attraper le plus possible de lièvres, et cela durera toute la matinée sous les cris et les acclamations de ma famille, pour la plus grande joie de mon oncle, celui qui prépare les chiens avec toute l'attention et l'amour que je lui connais,
- Oui, je vois bien, c'est très bucolique tout cela,
- Oui, c'est très bucolique tout ça comme vous dites, mais attendez la suite, qui à mon sens porte tout l'esprit de notre vieille nation, dans laquelle seuls les valeureux et fidèles ont leur place. Malheur aux autres !

Casado sourit à l'adresse de l'inspecteur. Il marqua un silence puis poursuivit.

- A la fin de la saison, au mois de janvier, vous le savez bien, tout le monde le sait, mais rares sont ceux qui y assistent, la mise à mort des Galgos. J'y vais tous les ans, et mes enfants encore très jeunes, eux aussi y assistent, ce n'est pas joli, je l'admets, mais il faut le faire. Mon oncle connait bien ses chiens, il les a élevés, il les a vu chasser, alors advient ce qui doit advenir, les femelles qui ont bien chassé seront gardées pour la reproduction et les vieux lévriers déclinants mais qui ont été valeureux, seront pendus à une branche d'arbre assez hautes pour qu'ils meurent vite. En revanche pour les autres ça sera plus dur, plus cruel, ne me regardez pas comme ça Borras, vous savez bien que c'est la dure loi de la chasse, le prix à payer pour entretenir nos vieilles traditions depuis que Casado épousa ces terres. Alors mon oncle attrapera férocement ces Galgos indignes, et les pendra à une branche basse, juste assez pour que les pattes de derrière touchent à peine le sol. Vous imaginez bien la suite, l'agonie longue, très longue, l'animal sait bien que s'il s'endort, il meurt, alors il luttera contre le sommeil, pour sa survie, pure illusion car il mourra. Ses forces finiront petit à petit par l'abandonner, ses pattes ne pourront plus le porter et il finira par abdiquer, la mort l'emportera dans son ultime souffle. Mais ce n'est pas le pire, je vous rassure, mon oncle aura pris la précaution de garder le chien le moins valeureux et il le ramènera à la ferme, alors, il l'attachera à un pieu métallique, au milieu de la cour, les autres seront dans leurs cages disposées de telle sorte qu'ils ne loupent rien du funeste spectacle. Vous avez compris, il servira d'exemple, pour que la saison prochaine chacun comprenne bien ce qui l'attendra s'il ne ramène pas assez de lièvres. Alors mon oncle arrivera, comme tous les ans, avec le même bidon d'essence, pour que les chiens le reconnaissent bien. Ne faites pas cette grimace Borras, vous êtes pathétique. Je reprends, alors, mon oncle aspergera abondamment l'animal. Celui-ci commencera à s'agiter et à couiner comme une truie, car il saura très bien ce qu'il se passera puisque, l'année précédente, il avait assisté au spectacle proposé par un malheureux congénère. Ses aboiements redoubleront, il hurlera à s'éclater les poumons, il tirera frénétiquement sur la chaîne à s'étrangler, mais rien n'y fera, mon oncle restera impassible et nous le regarderons sans broncher faire son œuvre, même les enfants et pas question de rechigner, certainement pas. Il allumera alors une boule de papier avec un briquet et attendra que les flammes soient bien vigoureuses. Alors, dans un geste de compassion et de renoncement, il la jettera sur le chien qui s'embrasera d'un coup d'un seul dans des hurlements atroces. Ses collègues canins se mettront à hurler eux aussi, vous ne pouvez imaginer la force éducative de la douleur, voilà de quoi est faite notre terre depuis que la Sainte Eglise veille sur elle. »

Borras regarda Casado, en essayant de réprimer et dissimuler toute la haine qu'il pouvait ressentir pour cet homme. Casado, quant à lui, le regardait droit dans les yeux, satisfait de l'effet produit. De toute évidence, l'inspecteur n'aimait pas la chasse. Pourtant il était inspecteur, un limier, un chasseur. Le commissaire avait du mal à saisir ces délicatesses chez ses subordonnés. Il laissa passer quelques secondes pour savourer son effet et apparemment, Borras ne semblait pas disposé à parler le premier.

« Je vous raconte la chasse pour que vous compreniez bien que nous aussi sommes des chasseurs, et que les limiers un peu traînards, ou dont la fidélité serait douteuse n'ont rien à faire ici, vous avez saisi ?

- J'ai très bien compris votre merveilleuse métaphore mais je ne comprends pas pourquoi vous me la racontez à moi, regardez mes états de services et mes statistiques et vous comprendrez que vous vous trompez de galgo,
- Je connais vos états de services, je connais ceux de tous vos collègues, je n'ai pas pour habitude de laisser des zones d'ombre, ou pire, un doute, mais je voulais juste être sûr de bien me faire comprendre, la nation est en danger et nous sommes les derniers remparts, alors je voulais m'assurer qu'à défaut de m'apprécier que vous seriez fidèle à votre mission,
- Je vous rassure là-dessus Monsieur le Commissaire, la mission, rien que la mission sans état d'âme, rien d'autre,
- Vous m'en voyez ravi mon cher Borras, j'avais eu un léger doute, mais vous le dissipez merveilleusement bien.
- A la bonne heure alors !
- Oui, c'est ça, tout est pour le mieux dans le meilleur des mondes,
- Possibles,
- Comment ?

- Je disais que « tout est pour le mieux dans le meilleur des mondes possibles »[9], et c'est ça qui change tout,
- Ah oui, en effet, bon, puisque tout est clair, vous pouvez disposer, il est tard,
- Merci, bonne soirée Monsieur. »

En refermant la porte du bureau, Borras fut parcouru par un frisson d'effroi. Casado avait en lui toute la noirceur de l'humanité, celle que l'inspecteur voulait scruter et observer chez les délinquants et autres détraqués, mais cette fois-ci il s'agissait de son propre chef, il l'avait à portée de main et à loisir pour faire une belle étude. Son visage se crispa, un relent amer lui vint en bouche, l'image du lévrier brûlé vif ne se dissiperait pas avant un bon moment. Il descendit directement dans la rue, il avait décidé de rentrer à pied, un peu d'air lui ferait le plus grand bien.

*

Ingrid avait commencé à préparer le dîner, ses enfants étaient là, jusqu'à vendredi, ils ne sortirent pas de leur chambre pour venir le saluer car ils avaient sans doute quelque chose d'important à faire, se dit-il en savourant cette légère ironie. Il fallait au moins cela pour digérer les paraboles de Casado.

« Holà mon amour, dit Ingrid en venant lui claquer un baiser sur la bouche,

---

[9] « Tout est pour le mieux dans le meilleur des mondes possibles » : Cette citation a été créée par le philosophe Leibnitz. Elle découle directement de la philosophie de l'optimisme qui affirme que dans le monde dans lequel nous vivons, rien ne pourrait être mieux, philosophie qui a été inventée par Leibnitz lui-même.

- Salut ma chérie, dit-il en pendant son caban au dossier d'un des deux tabourets de la cuisine,
- Eh bien ? Quel enthousiasme ! Que t'arrive-t-il ?
- Oh rien, le commissaire vient de me raconter une partie de chasse,
- Et ?
- Tu sais ce qu'il se passe avec les galgos ?
- Oh oui ! Quelle honte pour l'Espagne, j'ai signé une pétition contre cette barbarie il y a deux ans déjà, 50 000 chiens sont tués dans des souffrances abominables chaque année, ici chez nous, dans un foutu pays soi-disant civilisé,
- Ah bon ? Je ne savais pas, du moins pour la pétition,
- C'est une pétition que j'avais reçue sur mon Facebook et qui fait le tour de toute l'Europe, si tu voyais les images, c'est à vomir,
- Je veux bien te croire au vu de ce que m'a raconté mon nouveau chef,
- Ah oui ? Il est un défenseur de la cause ?
- Oh non, c'est bien tout le contraire,
- Il est donc un barbare et il s'en targue ? C'est ça ?
- Oui, exactement, il affiche une véritable fierté et un indéniable plaisir à participer à ce genre d'horreur, mais il laisse le sale rôle à son oncle, lui ne se salit pas les mains. Il jouit seulement de la douleur, c'est un véritable sadique et il ne s'en cache pas,
- Oui je vois le genre, qu'il crève ! Tiens, prends ça, elle lui tendit une canette de bière tout droit sortie du réfrigérateur,
- Ah merci mon amour, oui, c'est exactement ce qu'il me fallait. Ingrid en sortit une aussi pour elle, sans alcool, ils trinquèrent et burent quelques gorgées. »

Ils n'avaient pas besoin de parler pour se comprendre à ce moment précis, ils voulaient juste savourer ces instants, ensemble, pendant que les enfants dans leurs chambres les laissaient un peu en paix. Ingrid avait rempli un bol de quelques chips. Et tous les deux, sur leurs tabourets de bar, accoudés au comptoir, les grignotaient machinalement et bruyamment entre deux gorgées. Puis le dîner fut servi, omelette de pommes de terre, jambon ibérique, pain à la tomate.

Marti abrégea rapidement son dîner sous l'œil un peu réprobateur de sa compagne, mais il n'avait pas d'appétit. Il se leva, prit sur le buffet un sac en plastique noir et la laisse de la petite chienne, un fox-terrier, qui en l'entendant sortit rapidement de sa cachette habituelle, sous le canapé. Elle se mit à japper d'impatience, en sautillant devant la porte. Marti n'avait plus d'autre choix que de l'emmener rapidement dehors.

Dans la rue, l'animal, comme à son habitude, saisit la laisse à pleine dents et entreprit de conduire son maître jusqu'au pied d'un arbre, sur le Passeig del Born. Ce rituel demeurait immuable, sous les yeux amusés des fêtards qui sortaient des bars ou bien divaguaient à la recherche d'un ultime lieu de beuverie.

Arrivée sur place, elle lâcha la laisse et descendit dans l'espace en terre au pied de l'arbre et se cambra pour effectuer sa petite besogne. Maintenant, Marti pouvait se promener normalement avec son chien, sans qu'il ne tire sur la laisse, et sans ambiguïté, il restait le maître.

Après sa douche, il se jeta dans le lit, se saisit d'un livre déjà lu autrefois, Les Saints Innocents, de Miquel Delibes, une merveille d'écriture. Il y était question de ferme et aussi de chasse mais pas de galgos martyrisés. On y détaillait l'insondable cruauté des seigneurs régnant sur leurs terres et les hommes de peu, métayers devenus « galgos » de circonstance.

Les images du récit de son chef lui revinrent par flash, impossible de se concentrer sur sa lecture. Il posa le livre au sol après plusieurs tentatives, la colère lui montait doucement. Ce chef pervers semblait lui avoir gâché sa fin de journée, et peut-être même sa nuit. Il repensa aux hurlements de ce pauvre chien brûlant vif à titre d'exemple. Sa douleur résonnait en lui. Quel exemple ? Pour qui ? Pour quoi ? C'était donc ça l'exemple d'un peuple se disant évolué ? « Vous ne pouvez imaginer la force éducative de la douleur ». Quelle misère ! La Sainte Inquisition avait brûlé des milliers de gens comme si ce n'était qu'une formalité salvatrice pour le bien de ces hérétiques et voici maintenant, plus de cinq siècles après, que nous nous amusions à faire comme si dans chaque hacienda, une réincarnation de Thomas de Torquemada pouvait poursuivre le grand œuvre de la purification.

Marti entendait les galgos hurler de désespoir. Il se consumait de colère.

Éric Mangattale

Qui est Éric ?

Je me suis engagé à l'âge de 18 ans dans la Marine Nationale sans savoir exactement vers quoi je m'embarquais. La surprise fut totale, voire magnifique par moments, des escales plus exotiques les unes que les autres, tous les océans sillonnés, sur les traces de Victor Ségalen et de Pierre Loti. Et puis il a fallu mettre sac à terre, à Brest où j'ai commencé une carrière dans l'immobilier et dans l'art aussi comme galeriste et mécène. Enfin, au gré des vagues et des tourments de la conjoncture, j'ai posé pied sur les rivages de Barcelone, pour une vie d'épicurien, et d'écrivain. En effet, depuis 2018 j'écris de façon soutenue et constante, loin des carnets de marins griffonnés à la va-vite entre deux quarts dans les machines. J'ai écrit à ce jour une dizaine de nouvelles, un scénario et trois romans.

Pourquoi a-t-il participé à ce recueil ?

J'ai navigué sur la plupart des océans et, au fil du temps, j'ai vu la Grande Bleue se déliter, agoniser, crever de notre « humanité ».

L'image qui m'avait le plus marqué, était cette immensité de détritus au milieu d'un cloaque, forcément immonde, au large de Djakarta. L'océan était marron et les serpents de mer sortaient la tête de l'eau au milieu de poubelles, de sacs en plastique, des poissons morts, dans une fange à perte de vue, à faire vomir les marins les plus aguerris. Je pense que ce fut à ce moment précis que je pris conscience des dégâts que nous infligions à Dame Nature.

Elle agonise et nous dansons sur le Pont d'Avignon.

Un cri dans la forêt

Parti tôt en forêt à la fin d'un orage,

Je foule un sol nappé de lambeaux de nuages.

La brume est éphémère, elle s'enfuit doucement

Sous l'effet conjugué du soleil et du vent.

Je respire à longs traits cet air pur matinal,

Et plonge dans le sous-bois au cœur du végétal

Où la présence tranquille des arbres centenaires

Me rassure et m'enchante, comme des amis, des frères.

En dessous du feuillage, je me sens protégé,

Mon souffle est plus facile et mon pas plus léger,

Mes muscles se dénouent, ma pensée s'effiloche.

Ces chênes et ces hêtres dont je me sens si proche

Sont des baumes à mon âme et des cartes à mes pieds,

Entre leurs troncs épais, ils montrent le sentier.

Le milieu est boueux, je peux y lire des traces

Si fraîches qu'à un tournant, je me trouve face à face

Avec un faon d'un mois couché dans la fougère,

Enroulé sur lui-même au creux de sa litière.
Nous restons sidérés, les yeux écarquillés,
Nos deux regards figés. Le temps s'est arrêté.

Puis se mettant sur pattes, le voilà qui s'enfuit,
Disparait avec grâce en trois sauts de cabri.
Reste dans l'air ambiant une forte odeur musquée
Une senteur ancestrale dont l'endroit est marqué.
Encore tout remué, mon cœur valse à mille temps,
Je reste sans bouger pour faire durer l'instant.

Mais l'instant ne dure pas.
                        Bonheur furtif, il passe.

Le temps d'une bille en plomb qui déchire l'espace,
D'un bang étourdissant, d'un choc dans les tympans.
Un morceau de métal le coupe dans son élan.
Le petit faon est mort, tué tout étonné,
Arraché de son corps, dépouille abandonnée.

De loin, je crie, je hurle un « NON ! » interminable,
Je ne suis pas fautif mais je me sens coupable,

Honteux de mon espèce assassine d'innocents,

Tuer un petit faon, c'est tuer un enfant.

Je cours et je m'effondre auprès de l'animal.

Les genoux dans la terre, tête baissée, j'ai mal,

Ma main tremblante se pose sur le poil tacheté,

Encore bouleversé devant tant de beauté.

Même si son œil est fixe, sa chair est encore tiède.

C'est trop, je n'en peux plus, je fonds, le barrage cède,

Un flot de larmes s'écoule sur son poitrail meurtri.

Une vie s'est éteinte et le ciel s'assombrit.

Thibault Marlin

Qui est Thibault ?

Thibault MARLIN (pseudo) a été édité pour quelques nouvelles de science-fiction et d'héroïc-fantasy dans des fanzines. Il a été aussi lauréat des Noires de Pau (concours de nouvelles policières) et prix du public pour des ultra-courtes (Prix Pépin). Il ne se définit pas comme un écrivain, plutôt comme un lecteur ouvert à tous les genres de littérature possibles, trouvant partout des auteurs dont la plume mérite l'attention. Aujourd'hui, Thibault se lance dans un nouveau style d'écriture, le poème, parce qu'il est convaincu que la poésie n'est pas un genre marginal dédié à des rêveurs coupés des affaires du monde mais au contraire, un moyen de subversion pleinement au cœur de l'actualité et qu'elle participe, à sa manière, à la construction de nouveaux imaginaires.

Pourquoi a-t-il participé à ce recueil ?

Militant écologiste par ailleurs, il voit dans les désastres en cours une opportunité collective pour grandir en conscience et retrouver la place de l'humanité, comme espèce interdépendante des autres. Si nous allons collectivement souffrir des catastrophes climatiques, pollutions, raréfactions des ressources, etc… Autant en profiter pour remettre en cause notre anthropocentrisme et trouver de nouveaux modes de cohabitation avec la faune et la flore. C'est sans doute notre seule sortie de secours.

Gardienne de l'humanité

Perchée depuis son refuge, Freya écoute attentivement la discussion de ses colocataires. Malgré le fait qu'elles ne sont point de la même espèce, son affection débordante pour Zoé n'a cessé de croître avec le temps.

- La Nature est incapable de se gouverner elle-même, finit par grogner le père de famille en sortant le poulet du four.

Il ne faut que quelques secondes à Zoé pour rebondir :

- Papa... D'après mes recherches, tente-t-elle de le raisonner du haut de ses quinze ans, lors de l'holocène, la température de la Terre est restée stable sur environ 10 000 ans, sans diminuer ou monter d'un seul degré. Ce fut la période la plus stable de notre humanité et chose intéressante, nous n'étions pas là. D'ailleurs...

- L'holo quoi ? la coupe-t-il sèchement. Qu'est-ce que c'est encore que ces conneries ? Tu n'en as pas marre de jouer les extrémistes ?

- Je ne joue pas aux extrémistes, je...

- Ça suffit Zoé ! Finit-il par dire en haussant le ton, si je suis ton énième raisonnement, on doit attendre décembre pour allumer le chauffage, on doit favoriser une alimentation végétale, ta mère ne peut plus prendre de bain et moi... Il plonge ses yeux noirs dans ceux de sa fille et durcit sa voix. Et moi, je ne devrais plus chasser le gibier !

- On doit prendre soin de la Nature, Papa ! Elle a besoin de nous, tout comme nous avons besoin d'elle. Et si on continue de...
- Tu me fatigues, Zoé ! l'interrompt-il à nouveau. Tu suis le mouvement et tu te tais. Et puis, vas dans ta chambre maintenant, j'en ai assez entendu !
- Je n'en veux pas de ton poulet aux hormones de toute façon !

Il ne faut que quelques minutes à Freya pour se faufiler à son tour dans la chambre de la jeune adolescente. Elle l'observe plonger son visage dans le creux de ses mains et se mettre à pleurer. Oui, malgré leurs différences, elle a toujours eu beaucoup d'admiration pour Zoé. Elle semble faire partie de ceux prêts à se battre pour défendre la cause de l'Humanité.

- Nous sommes la Nature ! s'agace Zoé en tapant du poing sur son bureau.

Freya observe sa protégée se rapprocher un tant soit peu de la Vérité et elle se demande pourquoi les humains ont fini par décider pour eux, les Vivants. Est-ce le jour où les Hommes se sont découvert des capacités cognitives et morales qu'ils se pensaient seuls à posséder ? Qui donc a un jour décidé de les diviser ? Au fil du temps, Freya ainsi que toute sa lignée, ont bel et bien observé la culture humaine se différencier peu à peu de la Nature elle-même. Ainsi, les hommes la considèrent comme un objet de plaisir et de ressource à exploiter. Mais il n'en n'est rien, Freya le sait. Aujourd'hui, les Humains et les Non-Humains se doivent de faire alliance à nouveau. Il n'est plus question de division ou de différenciation. Mère Nature a appelé à l'aide chacun de ses fils et chacune de ses filles et Freya prend très au sérieux la mission qu'on lui a donné. Elle arpente le mur en longeant la poutre en bois et vient se loger près du bureau de Zoé. Elle l'observe avec tendresse et ne peut s'empêcher de se sentir reliée à elle. Sur le bureau de l'adolescente sont exposés des articles de magazines, des photos, des photocopies d'extraits de livre sur l'écologie et la biodiversité. Cela fait longtemps qu'elle observe Zoé se passionner pour la protection de la Nature et des êtres qui la peuplent. Elle la voit s'instruire chaque jour et tenter de convaincre une partie de sa famille de développer conscience et tempérance dans leur manière de vivre. De son côté, Freya sait pertinemment que l'Humanité a aujourd'hui atteint un stade de non-retour. Les Humains ne semblent pas avoir d'autre choix que de se confronter à leurs incohérences, apprendre à lâcher leurs conditionnements, remettre en question les traditions familiales, restaurer la biodiversité, diminuer leur consommation de viande et surtout, réensauvager le monde. Mais nombreux d'entre eux ne semblent pas se sentir concernés par ce qui est en train de se passer.

Un peu plus tard dans la soirée et comme chaque nuit aux alentours d'une heure du matin, alors que Zoé nage dans les limbes, Freya reprend sa mission. Elle longe le mur tapissé de bleu, escalade la couette et les quelques oreillers éparpillés sur le lit et elle vient se poser au creux de la poitrine de l'adolescente, sur l'espace même de son cœur. Elle aime se laisser transporter par le mouvement cyclique et rythmé de la cage thoracique de sa protégée. Ce qu'elle aime chez la jeune fille, c'est qu'elle ne l'a jamais chassée de sa chambre. Elle a toujours pris le temps de la regarder, de la considérer et elle lui à toujours laissé l'espace d'exister. Elle ne peut pas en dire autant des autres membres de la famille, voire des Humains en règle générale. Habituellement, si on ne cherche pas à la réduire en bouillie, on la chasse en criant avec dégoût. C'est ainsi, et, avec le temps, elle a fini par s'y faire. Elle ne peut pas vraiment leur en vouloir car généralement, on la perçoit comme une bête féroce, mal intentionnée, dont la répugnance semble mettre tout le monde d'accord. La mangeuse d'homme ou la mère envahissante. Aujourd'hui, elle fait partie des nuisibles qu'on cherche à asphyxier, à évacuer ; à ne jamais croiser. Alors elle se fait discrète, en veillant à rester bien collée au plafond, pour éviter d'être vue par ceux qui n'ont d'autre habitude que de se regarder le nombril. Et la voilà qui, en quelques secondes seulement, rejoint Zoé dans ses songes.

Elle aperçoit Zoé allongée sur l'herbe fraîche, face à un grand pin gigantesque. Des zèbres volent dans le ciel, des fleurs multicolores surplombent les plaines et elle porte un chapeau en forme de moineau. Encore une chose qu'elle apprécie chez sa protégée, son imagination. Lentement, elle s'approche d'elle pour venir se loger dans le creux de sa main. Zoé sursaute, Freya aussi.

- Tu m'as fait peur ! s'exclame-t-elle en tentant de masquer sa gêne.

- Je sais que mon apparence te déplaît, chuchote la faucheuse.

- C'est vrai, je n'ai jamais été très friande des araignées, mais avec toi, j'apprends et je fais des progrès.

- Zoé, finit par lui avouer Freya, tout est question d'amour.

- D'amour ?

- Oui. Ta quête, c'est l'amour.

Zoé réfléchit quelques secondes avant de comprendre le sens profond et caché de cette douce réflexion.

- Tu parles de ma colère envers les Humains ? De ma volonté de faire régner Justice et Intégrité en ce monde ? De mon aspiration à protéger notre Mère à tous et toutes, la Nature ?
- Oui, concède-t-elle. Que font les humains, si ce n'est que de se blesser eux-mêmes, en continuant de considérer la Nature et les êtres qui la peuplent, comme des objets à leur service ?
- Tu veux dire qu'en ne prenant pas soin de la Nature et en continuant de la considérer comme une ressource inépuisable, c'est comme si nous nous en prenions à nous-même ? Comme si nous ne nous aimions pas ?
- Oui, Zoé. Je crois que toute cette crise écologique et environnementale à laquelle l'on assiste actuellement est la retranscription manifeste d'un manque d'amour de soi et de l'autre. Je crois que les Humains ont oublié une partie d'eux-mêmes, celle qui les connecte à tout ce qui les entoure. Celle qui leur rappelle que nous ne sommes qu'un. En s'en prenant à chacun d'entre nous, la Nature, les Non-Humains, c'est à eux-mêmes qu'ils s'en prennent.
- Tu as raison. Peut-être qu'on ne s'aime pas finalement. Beaucoup d'entre nous n'ont jamais appris ce que c'était que d'aimer et de se laisser aimer.

- C'est pour ça que je suis là, lui assure Freya en bombant son abdomen et gesticulant des pattes.
- Toi ? se met à rire Zoé. Et comment ferais-tu pour nous apprendre ? Tu représentes tout ce que nous détestons.

Quelques minutes de silence passent avant que l'adolescente ne reprenne de plus belle.

- Le problème, c'est surtout le capitalisme. Il a transformé les adultes d'aujourd'hui en de grands enfants plus préoccupés par l'accumulation de leurs nouveaux jouets que par leur propre descendance. Les trois quarts d'entre nous refusent de concevoir les Non-Humains, tels que les animaux, les plantes, les minéraux ou encore bien d'autres, comme détenteurs d'intériorité. En même temps, poursuit-elle songeuse soutenue par la présence de sa Gardienne, peut-être que c'est ce que souhaite le système ; nous conditionner à objectiver tout ce qui nous entoure pour nous rappeler que nous sommes tous remplaçables. Et si tout ce grand bordel n'était finalement pas la retranscription subtile de notre peur de l'attachement ? Depuis des siècles, on étouffe nos compétences relationnelles. Et on en oublie de tisser des liens sensibles avec le Vivant. Rejeter la présence d'une intériorité chez les Non-Humains, chez la Nature, réalise-t-elle finalement les larmes aux yeux, c'est peut-être la seule manière réfléchie qu'on ait trouvé ne pas nous engager affectivement dans le monde qui nous entoure. Se détacher pour mieux se désinvestir, pour mieux se désimpliquer et se déresponsabiliser.

- C'est aussi ce en quoi je crois, reconnaît Freya en se faufilant sur l'épaule gauche de sa protégée.
- Mais alors, quelle est la solution ? demande Zoé en se rongeant les ongles.
- L'amour, lui affirme de nouveau l'Araignée. C'est l'amour qui invite à la remise en question, à l'implication et au courage d'apprendre à faire autrement. Tu es une Visionnaire Zoé, et les Visionnaires sont tous guidés par l'amour de l'Humanité.

Quelques heures plus tard, alors que l'aube pointe le bout de son nez, Freya se hâte de reprendre le chemin du coin de mur pour se faufiler dans sa toile, ni vu ni connu. Le réveil de Zoé se met à sonner bruyamment, alors qu'elle s'apprête à passer le pas de la porte de sa chambre, elle lève les yeux vers les hauteurs et plonge son regard dans celui de Freya.

- J'ai rêvé de toi cette nuit, chuchote-t-elle reconnaissante. Merci d'avoir remis l'amour au centre de mes préoccupations. Parce que si je veux aider la Terre, la Mer, la Nature et tous les êtres qui la peuplent, je ne dois jamais oublier que ce qui guide chacun de mes pas, c'est l'amour.

Freya sent une profonde chaleur dans le creux de son cœur. C'est la mission qu'elle s'est donnée pour le monde, pour la Terre. Parce qu'elle se sait être l'une des Gardiennes du Souvenir Sacré. Celle qui chuchote à l'oreille des cœurs ouverts ce que beaucoup d'entre eux semblent avoir oublié. Le monde a besoin des humains, de leur implication, de leur sensibilité et de leur courage.

Et en ne prenant pas soin de la Nature, c'est eux et toutes leurs lignées qu'ils condamnent.

Sa mission accomplie, Freya part se coucher. Tout le monde va bientôt s'activer dans la maison et elle ne veut pas se retrouver traitée avec désamour par le commun des mortels. Pourtant, elle n'a jamais cessé de considérer qu'une partie d'elle-même se reflète en chacun d'entre eux. Peut-être une partie qu'ils cherchent à cacher, celle qu'ils préfèrent ne pas affronter. L'une des raisons pour laquelle elle semble rarement accueillie dans les maisons. Mais qu'importe, elle les comprend, elle les aime et elle est déterminée à éveiller les consciences.

Voilà à quoi s'attelle chaque jour Freya sans jamais perdre espoir sur l'avenir de l'humanité. Une sacrée tâche me diriez-vous pour une si petite araignée. Mais comme elle semble l'avoir un jour inspiré à un grand cinéaste à son insu, « un grand pouvoir implique toujours de grandes responsabilités ».

Maureen Mellet

Qui est Maureen ?

Maureen Mellet est thérapeute du couple, coach en relation et formatrice. Elle accompagne les plus audacieux, au travers de thérapies, formations et retraites, à entreprendre le chemin tridimensionnel de l'amour : apprendre à s'aimer soi, apprendre à aimer son Allié et apprendre à se laisser aimer. Elle défend également la Médecine du couple et de la relation pour permettre aux futures générations de grandir dans l'amour, la conscience et la compassion.

Pourquoi a-t-elle participé à ce recueil ?

Participer à ce recueil fut pour moi comme une évidence, bien qu'un sacré challenge tout de même.

La nature a de tout temps œuvré pour l'équilibre terrestre et aujourd'hui, qu'il s'agisse du climat, de la biodiversité ou de la protection animale, il devient urgent pour nous humains de l'honorer en la protégeant. Je crois profondément en nos capacités de transformation et je suis convaincue que nous pouvons apprendre à vivre autrement que les générations précédentes. Nous sommes tous les enfants de notre Planète et il est de notre devoir à présent d'incarner les filles et les fils de ce monde dans la compassion, la préservation, le respect et l'amour. Alors je vous pose la question : et si on commençait par changer la manière dont nous entrons en relation avec le Vivant qui nous entoure ?

Contact : www.maureenmellet.com

Instagram@maureen_mellet

Hakim H.

La pluie fait rouler les cartouches froides au fond du fossé. Hakim le hérisson les voit et anticipe le choc ; il dérive à droite, se cache contre une touffe d'herbe. Coincé dans le tunnel, il voit l'eau monter. Encore, il pleut. Toujours, il pleut, au bord de la forêt, paysage immuable, arbres noirs, nuages épais comme la glaise sous ses pattes. C'est la forêt des cauchemars, celle où il ne fait jamais jour, où le soleil, lorsqu'il daigne se lever, se heurte aux feuillages et aux troncs, à la roche et n'apparaît plus. Voilà ce que se dit le hérisson au milieu de l'automne, vanné, épuisé par l'eau qui s'écoule dans le labyrinthe de ses épines et lui donne froid. C'est la forêt des contes, celle dans laquelle on perd des enfants. Hakim voudrait un abri et se souvient, de l'autre côté de la route, de la fumée qui s'échappe des maisons. C'est si loin.

Comme d'autres, il pourrait rejoindre les jardins, les bords de piscines bâchées, les porches et se laisser offrir un bol de croquettes. Mais il sait que le répit serait de courte durée. S'installer au milieu des herbes régulièrement tondues, ce n'est pas son truc. Un, deux, trois repas pris sur un bord de fenêtre et il deviendrait déjà mélancolique de l'amitié des pins. Le froid qui le pique ne fait pas si mal en comparaison. Mais certains jours, comme ce soir, il hésite.

Ne jugez pas Hakim : tous les cœurs sont en équilibre et bien fou celui qui prétendra le contraire. Mais le petit hérisson fait front pour conserver la forêt. Il est un soldat de son paysage, vivant après tout sur le champ de bataille. Hakim n'a pas d'histoire ni de péripéties. Il cherche seulement un abri pour tenir jusqu'à demain. Sous huit degrés Celsius le hérisson européen perd si vite de l'énergie qu'en moins de quatre heures il peut en mourir. Son abri brisé par l'orage ou les pas des hommes est une sentence de mort. S'il pouvait en trouver un autre, là, vite, sans risquer de se faire écraser par une voiture, il serait sauvé. Mais toutes les cachettes qu'il connaît sont ce soir noyées par des torrents d'eau et la disparition des arbres lui a déjà retiré quelques options. À la sortie du fossé, il y a une souche qui peut-être l'attend. Il tente de rejoindre l'endroit où la tranchée est moins profonde, pour en sortir sans dommages.

D'habitude, il vadrouille, comme la forêt, qui sait se satisfaire d'un jour puis d'un autre. En vase clos, elle fonctionne et pourrait perdurer. Son expansion, au rythme soutenable, se fait au fil de saisons calmes. Elle n'a que faire de ceux qui tirent, brûlent, cassent. Pourtant ils sont là, et aujourd'hui, Hakim le hérisson a eu peur d'eux. Il est grand temps de se pelotonner au sec, de s'endormir quelques heures jusqu'à la fin de la nuit. Sur son passage lent, destiné à le sortir d'un creux qui se remplit d'eau, il entend quelques murmures.

Ce soir sous l'orage les arbres ont démarré un conciliabule d'importance. Les hommes ont trop marché sur leurs nœuds ou écorché leurs peaux. Ce soir les sages savent qu'il y a enfin une décision à prendre. Incendies en démesure l'été dernier. Leur nombre est en déclin, leur force s'amenuise. Ils devraient sortir de la terre et marcher. Riposter. Mais rien de leur écorce ni de leur sève ne leur permet. Le choix, il y a des millions d'années, d'évoluer lentement, fait face à sa contradiction. Voudraient-ils se mouvoir et tomber sur les maisons fumantes, en briser les fenêtres, qu'ils ne le pourraient pas. Les acacias qui tentent de soulever les terrasses se font décapiter puis prélever des sols sans aucuns regrets. Mais la rumeur leur dit depuis longtemps déjà que la ruine se trame. Les châtaigniers souhaitent lancer une attaque puissante, tandis que les chênes sont plus mesurés. Hakim écoute d'habitude, mais ce soir le bruit des torrents est au-dessus de tout.

Les arbustes et jeunes pousses, honteux de leur propre tendreté, laissent les plus âgés parler. Ils retiennent leur souffle : combien de temps tiendront-ils ? Le petit hérisson aura-t-il demain une maison depuis laquelle observer la fin du monde ? Les biches tombent l'une après l'autre sous les balles des chasseurs. Les abeilles meurent l'été d'un soleil trop épais, chimique, qu'elles ne connaissent pas. Les plantes, les feuilles, se dissolvent dans les airs ou la terre à la mesure d'une atmosphère vénéneuse. Tous savent que quelque chose a changé, mais ils n'ont pas le temps d'y penser, au fond de leurs fossés, de leurs vies précaires. Pour Hakim, il n'y aura bientôt plus de quoi enfouir son visage lorsqu'il entend au loin le cri d'un autre animal.

Pourquoi enfouir son visage dans la terre qui n'a pas de répit ?

Les souvenirs sont dans les racines qu'Hakim lape pour connaître le reste du monde,

Ceux qui ne lui parlent pas, l'ignorent,

Contournent sa tanière parfois ou marchent dessus

Comme un homme, venu ce soir pour poser des pièges aux petits animaux. Hakim connaît, évite, mais ce soir on voit moins bien que d'habitude et le froid se fait sentir. Son cœur, qui bat toujours la chamade, commence à s'engourdir, son corps prêt à hiberner. Il va céder, s'arrêter, se refroidir.

Hakim va suspendre sa vie. Pour le hérisson qui ralentit, il faudrait

Tendre son visage vers le cri de l'animal et se mutiner dans la nuit

Marcher dans le fumier, sur les feuilles mortes et humides, demander à la Lune

De l'aide et aux fourmis, du travail

Laisser sa maison derrière soi, se tirer dans la marge

Pourquoi veut-il enfouir son visage Hakim et s'arrêter ?

Au milieu de la terre chaude, il aurait du répit, peut-être.

Pourquoi Hakim le hérisson pense-t-il à creuser dans la terre et y rester, enseveli vivant, ce soir ?

Que manque-t-il pour que nous puissions laisser nos maisons derrière nous sans crainte, en chercher une plus vaste,

Laisser le temps nous façonner, la nuit nous faire devenir ce qu'elle a prévu, les mousses grandir sur nos peaux sans sommeil ?

Hakim marche et trébuche de ses empreintes trop petites

Dans le fossé auquel l'homme aux pièges le condamne

Répondez-lui, au lieu de donner votre langue

Au chien qui tourne autour du gibier, dressé à le mordre, à se compromettre

Pour vivre dans la forêt, être vu, il faut porter des bois, une fourrure argentée, des ailes

Hakim n'a rien, vous n'en voudriez pas

Mais depuis la discrétion se génère la lutte

Être bousculé sans cesse crée de la colère

Et ce sont les araignées qui le guident, de leurs toiles brillantes de gouttes de pluie, phares sous la tempête, le réchauffent,

Hakim se raccroche aux herbes sur le fossé, falaise de l'indifférence

Pour ne pas tomber

Mais il tombe

Dans l'humus, s'enfonce

Et au fond du fossé, le niveau de l'eau augmente, ses interstices bouchés par un sac en plastique. Hakim s'il ne sort pas d'ici bientôt se noiera.

Et l'eau continue de monter. Chaque seconde compte. Hakim tente de ne pas céder à la panique. S'il commence à avoir peur, le hérisson se roulera en boule et sera ballotté par les vagues le long du fossé. Il y a urgence.

Les arbres en réunion décident de prendre bientôt les hommes à leur propre piège. Générer dans les airs davantage de pollens, les faire éternuer chaque année plus fort. Les pneumologues ne savent déchiffrer s'il y a plus de pollution ou non dans l'air ; c'est aussi un moyen pour les végétaux de survivre, envoyer leurs gamètes le plus loin possible.

On a circonscrit la géographie de la forêt au strict minimum, établi une petite barrière en cercle autour du plus vieux chêne, avec un panneau et c'est tout. Les arbres sont fatigués de devenir mobilier, fournisseurs, bientôt abattus d'un coup de hache.

L'homme aux pièges, avant de rentrer chez lui, shoote un bon coup dans un pistachier. Il aime voir un milliard de gouttes de pluie tomber, d'un seul coup. Ça fait de la musique.

Et si les arbres avaient du sang et de la douleur, les frapperiez-vous de vos pieds pour votre bon plaisir ? Oublions-nous qu'il y a des choses que personne ne sait, ne voit ? Les arbres ne parlent pas le « *hérisson* » mais jamais Hakim ne sort de leurs pensées lorsqu'ils déterminent l'avenir de la forêt. La douleur des autres emprunte un autre canal d'information que celui que nous pouvons percevoir.

Au sommet, de toutes leurs voix disparates, les arbres continuent de parler. Sur leur tronc pousse leur langage, des mots inscrits dans les sillons du bois. C'est juste une écriture que l'on ignore, sous prétexte qu'elle ne donne pas de mots en anglais, en français, en italien, mais elle dit.

Pourquoi n'entendons-nous que ce qui est facile ? Quand la pluie tombe, elle se signale et il est temps de rentrer.

Sage Hakim.

Quand la pluie tombe, plus forte qu'à son habitude, pour laver l'affront que l'homme a fait subir à la forêt, trois corps de cerfs emportés ce matin, lorsque la pluie gronde et se venge, les hérissons n'ont pas le temps de voir venir.

La chanson de la pluie sous le bruit des balles s'est détraquée.

Qui écrira des lettres pour converser avec les arbres ? Qui veut leur parler ? Qui veut les comprendre ?

Hakim, lui, lutte encore pour retourner chez lui. La souche d'hier soir s'est affaissée à la faveur d'une famille en pique-nique. Il suffirait d'un arrondi sur la surface du fossé, pour le mettre à l'abri, et cela serait réglé. Il implore la terre mais celle-ci non plus ne vit pas selon les lois des mammifères. Son échelle est large et englobe des tas de millions d'années. Elle bougera sous l'impulsion d'un volcan, la vibration d'un tremblement de terre, la menace des grandes eaux. Pas assez pour ce soir. Seule la bave des escargots qui la traverse peut lisser le processus, entraîner la magie, en traçant des formules, des incantations. Mais Hakim les voit ces escargots, et bien que pressé par l'idée de chaleur, il s'arrêtera s'il le faut pour en déguster un ou deux.

Les hommes feraient mieux de prendre exemple sur les arbres, éructe un vieil hêtre à ses camarades. Entaillé à sa base par un canif mal aiguisé, il a gardé une haine absolue des petits humains. **Margot + Thomas** est écrit à jamais sur son corps. Le tatouage d'une espèce sur une autre espèce. Les hêtres sont pris pour des ardoises. Chaque jour ils se retiennent de faire la même chose aux hommes, les imaginant avec une feuille incrustée, collée indéfiniment à la sève en plein milieu du visage. Ou mieux : des aiguilles de sapin. Un échange de substances chimiques qui leur ferait sortir des bourgeons sous les cheveux, des ongles en bois jeune et des racines entre les orteils. Ils en ont le pouvoir.

Voilà ce qui se trame dans les forêts de nos contes. Lorsqu'il pleut et qu'il n'y a plus à profiter de la nuit claire ou d'un rayon de soleil, à se réunir et parler.

Ne rien voir, ne pas voir, croire les arbres inachevés, immobiles ou lacunaires nous protège. Hakim lui, sait qu'auprès d'eux il y a un salut.

Doucement, tandis qu'il remonte enfin sa pente et s'engouffre dans la forêt, l'un d'eux plie une branche basse et soulève un fragment d'écorce. En son creux, il y a un trou qu'il prépare depuis des années, tantôt pour un écureuil, un blaireau de taille modeste ou un hérisson. Ce sont les mouches élevées du sol qui préviennent le petit animal, la pluie qui modifie son tempo, la musique de l'automne qui vient jusqu'à ses oreilles et le guide. Hakim a un bon odorat mais il ne voit rien. Alors les truffes lui offrent des indications en envoyant leurs spores à la surface. La terre se met à sentir et il suit la signalétique de la forêt.

Quand l'homme met un coup de pied à l'arbre, il se trompe.

Quand l'homme croit le monde hostile, il se trompe. Seuls savent la forêt ceux qui laissent sur le rebord de leur fenêtre une coupelle pour les hérissons ou un message. Tous les jours, qu'il vienne ou ne vienne pas. Les vibrations, la chaleur de l'ensemble suffiront à guider les autres.

Dans les arbres, il y a des alphabets

Qui disent des choses qui se suffisent à elles-mêmes

Seul l'homme y cherche du sens ou l'impose à coups de couteau. Il marque une empreinte sur la forêt, dénué de ses propres mots, car il croit que personne ne l'entend. Et derrière les fenêtres de sa maison chauffée, il continue de regarder la masse sombre de la forêt sans comprendre. Il cherche une raison à son existence, peut-être garde-manger ou lieu d'illusions. Mais bientôt c'est l'homme qui aura froid et cherchera à se blottir dans l'abri du hérisson. Vingt hérissons sous un porche d'hommes, un homme dans vingt abris de hérisson. Sachant que l'homme détruit ce qui l'entoure et le compose, le calcul est rapide à faire.

Âme qui soigne contre âme qui brise, Hakim H. essaiera de regarder dans les yeux les humains qu'il croise.

Il y a le garde forestier, qui l'a bagué pour le protéger, incapable d'accepter sa perte, son risque. Hakim est enchaîné à une inquiétude qui n'est pas la sienne, un bracelet de plastique léger déséquilibre sa démarche. Il y a la petite fille qui le frotte, le caresse et le prend en photo lorsqu'il traverse la route, gardant pour elle un Polaroïd de son ami animal. Aucun d'eux ne sait aimer la forêt sans en emprunter une partie, déplore l'écureuil qui doit partager ses noisettes. Un, deux, trois : le langage humain est vertical. Les volutes sur les écorces, les souterrains des vers de terre en zigzags dans le sol, la trajectoire du serpent, dans la forêt tout slalome et ondule jusqu'à plonger dans une rivière, des dunes, un lac, les mains des arbres serrées comme s'ils faisaient la ronde et ne se lâcheraient jamais. Les hêtres ne connaissent pas l'avoir et donnent jusqu'à leurs fruits à la terre féconde. Ils deviennent arbres puis fruits puis boue et graines et réitèrent. Révolution de la forêt. Il suffit à Hakim de croquer une tipule pour contribuer à la marche du monde.

Dans le tronc de l'arbre, éclairé par les lucioles heureuses d'avoir une mission, le hérisson se roule en boule et s'assoupit. Demain est un autre jour et la forêt dira la même chose. Elle déploie son message avec lenteur puisque les hommes ne semblent pas comprendre. Il leur suffirait d'arrêter de marcher, de ne pas chercher à savoir. De suspendre toute activité, la chasse, les champignons ou les pièges et de regarder battre les branches dans le ciel à nouveau bleu. De lire dans la flèche et les nervures de leurs feuilles tout ce qu'ils ont à révéler. Dans le parcours des nuages et les dessins du pollen.

Hakim n'est pas un personnage, vous ne vous en souviendrez pas. Hakim H. est un rouage, une pièce du puzzle, un organe. Il s'insère dans le paysage et fait ce qu'il a à faire.

Demain, nous l'espérons, il conservera le même abri, derrière une écorce qui se détache, séchée, blanchie par le temps et de nouveaux rayons de soleil. Demain, la forêt des cauchemars pour lui sera toute autre. Demain, il y aura de nouvelles taches sur le dos des faons et aussi, dans les pièges de l'homme, des lapereaux tout gris.

Mona Messine

Qui est Mona ?

Mona Messine (n. Bordeaux, 1992) est une écrivaine et éditrice. Une enfance en Provence, entre la forêt et la mer, a façonné son écriture sensorielle. Son premier roman Biche donne voix à une biche ainsi qu'à la forêt lors d'une partie de chasse tragique.

Bibliographie : ***Biche***, roman, éditions **Livres agités**, août 2022, en sélection du prix des Inrocks.

Publications en revues : Débuts, Femlu, Dissonances, L'Intranquille.

Pourquoi a-t-elle participé à ce recueil ?

Mona fait naître dans ses textes une réflexion sur l'altérité à travers des personnages animaux, végétaux et minéraux.

Elle défend la proie, questionne l'origine de la violence, dans des textes travaillés comme des musiques ou des poèmes.

Contact : www.monamessine.co

L'ordre du jour : « Humus, parlons-en ! »

Petit éloge réaliste-magique aux capacités d'adaptation et de résilience du vivant, héritées des profondeurs terrestres et marines.

À l'absurde.

Aux silences.

- Donc si je comprends bien, on vous attend pour participer à une réunion sur la nature et les animaux ?
- On m'a invitée oui. Peut-être est-ce plutôt un congrès, un stage, voire carrément une cérémonie, je ne sais pas !
- En tous cas c'est paumé ici, vous serez tranquilles pour parler de tous ces jolis sujets ! Si je vous laisse ici ça vous va ?
- Euh, oui, c'est bien, je descends, merci.
- Bon stage dans notre nature hein ! N'oubliez pas votre sac.
- Ah oui, merci ! Bon vent à vous !

Je claque la porte de la voiture et laisse s'éloigner le covoitureur. Mon sac est encore trop lourd à mon goût, mais je n'ai rien oublié d'essentiel alors je souris. Dans ma poche du côté, ma gourde et mon canif sont prêts pour l'aventure et coincée sur le filet central, ma sculpture fétiche de poulpe en bois tendre fait un drôle de grigris. J'aime bien cette heure entre-deux, comme la promesse d'un répit, l'autorisation de savourer des instants plus doux. Le ciel danse en jaune et violet.

- Cléa ! Te voilà enfin ! Ça me fait tellement plaisir de te voir, m'interpelle Antoine du haut de la rue.

- Ah tu es là, merci d'être venu me chercher !
- On se serre dans les bras. Ce qui est fou, c'est que je ne l'ai vu que trois fois dans ma vie ce type. Mais il me rappelle à quel point la vie est un poème précieux. Il porte son bleu de travail qui lui fait comme une seconde peau, et tient dans ses mains deux barquettes de fraises fraîchement glanées dans le jardin. Il me propose qu'on ralentisse et qu'on se pose un peu sur la colline avant d'arriver. Je le suis. La transition et l'entre-deux peuvent avoir un goût de fraise après tout. On ne s'est pas vus depuis longtemps, alors on se raconte un peu en vrac ce qui compte dans nos existences et on recolle les morceaux.
- Le silence n'est pas gênant dans cette campagne, tu sens ? Les mots superflus ont disparu. Le chant des oiseaux a le premier rôle du matin au soir et les mouvements sont comme plus souples et enveloppants. Ils rythment mes journées. Là j'ai fait une pause mais en cette saison ça n'arrête pas au jardin. Et toi, tu sculptes toujours le bois ? Commence Antoine.
- Tu parles toujours comme un poète réaliste à ce que je vois, ça me rassure ! Le monsieur qui m'a déposé ici avait l'air de rouler dans un autre monde que celui de la nuance, je peux te le dire, j'avais hâte d'arriver ici. Je sculpte toujours, oui, mais là je reviens de loin tu sais, j'ai vécu ma première plongée sous-marine, j'ai nagé aux côtés d'un poulpe, t'imagines un peu ? j'en suis encore émue, je ne sais plus bien où je suis ni si j'ai les pieds sur Terre maintenant.

Un frisson me parcourt la colonne vertébrale et pendant un court instant, sous mes paupières défilent à toute vitesse des images décousues de plusieurs mondes : des poteaux électriques qui poussent plus vite que des champignons dans le paysage, des balles perdues, les coraux et les crustacés fabuleux que j'ai vus au fond de l'eau, du sang, du feu, des empreintes, les chiffres vertigineux des points de non retour, ces mensonges aux allures de vérités, des vies frappées de plein fouet par tout un tas de maux. Soudain, j'inspire fort comme à la surface de l'océan et claque des doigts - c'est un truc pour revenir au présent. Je ne veux pas tout de suite altérer mon soulagement d'être là.

Antoine fait partie de ma meute et c'est étrange, mais je le retrouve comme un frère avec qui les souvenirs sont à construire. Il n'est pas bavard et semble distrait, alors je croque une fraise, ou plutôt puise de la force dans son sucre, goulûment. Je lui bafouille des questions sur l'atmosphère qui règne là où on va. Antoine travaille dans ce lieu et l'entretient depuis des années, contre gite et couvert, depuis qu'il a dit merde à la vie convenue et m'en a toujours parlé comme un coin de paradis végétal, terrestre et animal. Il me répond qu'ils sont nombreux à arriver par vagues depuis plusieurs jours, que les échanges dans toutes les langues dessinent un cocasse théâtre peuplé de tout ce tas de personnes qui se comprennent puisque toutes sont connectées à la nature, enfin plutôt au concept de nature, mais que lui dans tout ça, il ne sait pas trop où se mettre. Que cela fait du bruit et lui embrouille les rêves. Il hésitait à devenir le pitre du spectacle dans un excès de confiance et d'ennui et finalement…il a trouvé refuge sur une bordure du jardin. Il tient compagnie aux blaireaux et aux rongeurs sans cesse occupés à creuser dans la terre molle, et ça lui va bien.

- J'ai un peu perdu l'envie de toujours parler, tu sais. Pourquoi encore chercher des mots pour ces sujets si délicats ?... Ça ne suffit plus, et comment entendre nos corps au milieu du blabla ? Je n'en peux plus de réduire nos dimensions. me dit-il, le regard profond comme l'océan.

Je crois comprendre qu'on a volé le consentement d'Antoine pour l'organisation de cet événement et qu'il le vit mal. Je ne sais pas à quel point cela ravive des plaies. Il regarde le ciel puis baisse la tête, perdu dans ses pensées et d'une voix douce me demande depuis quand la vie est facile, il trouve qu'on s'étonne encore de l'effort que cela demande souvent, comme piégés dans une rengaine amnésique. J'ai envie de lui dire que parfois mettre des mots guérit, mais je me tais et tente des petits jeux : je mime d'abord une petite danse avec mes mains pour lui montrer les signes que l'on fait sous l'eau, je me bouche les oreilles pour qu'il comprenne que c'est une technique pour entendre mieux son intérieur qui respire. Il me regarde sans jugement, avec un demi-sourire. Puis, je lui raconte mon cauchemar de la nuit derrière, pour reprendre le fil d'une conversation. Je lui affirme que je faisais déjà ce rêve étant petite, qu'il le savait bien puisqu'on était ensemble enfants. Puis je souris de ma bêtise. Ce cauchemar c'est mon classique ; la Terre vue de loin qui tourne dans le noir absolu autour. De plus près, une petite fille vogue, sa peluche poulpe sous le bras, et rame sur un radeau de fortune. Le bois s'enflamme d'un coup mais par miracle elle finit par arriver sur une île et y creuse des trous, inlassablement. Étrange. Pourquoi ? D'où vient le feu sur l'eau ? Pourquoi tous ces trous ? Pour toute réponse, Antoine me regarde et rigole pour détendre ces retrouvailles qui sentent un peu la fraise pourrie. Devant nous, le jour vacille enfin. Attendre le dernier moment est devenu le jeu de l'instant, et l'ultime rayon se glisse derrière la ligne d'horizon. Reste alors un lit de nuages. Les oiseaux arrêtent leur répétition.

Chacun avec sa barquette vide, on passe par un coin de forêt que des chevaux noirs majestueux, venus de très loin, ont choisi comme refuge. Je les regarde, me tiens présente à juste distance, et ainsi ce sont eux qui m'offrent un peu de leur force tellurique. Au milieu de la nuit, nous arrivons au lieu et tâtonnons gauchement jusqu'à ce qu'Antoine m'indique un espace libre dans l'herbe pour s'installer. Une couverture épaisse au sol et une par-dessus nos duvets, la nuit étoilée comme complice, on se détend et s'émerveille devant ce ciel immense. J'allais commenter mais Antoine m'interrompt avec douceur :

-Tu es rigolote mais tu penses et parles beaucoup, ne deviens pas comme eux, pas toi, s'il te plaît. Il n'y a rien à dire ou à faire de spécial dans la nature, tout est à sa juste place et circule tu sais. Sois tranquille.

À ces mots puissants, je fixe le ciel étoilé et sens mon corps se relâcher. Demain commence l'événement pour lequel je suis venue. Dans un soupir, je sombre la première.

- Cléa, Cléa, c'est l'heure de se lever... tu préfères un seau d'eau ou un café ? Me dit une voix sur le ton de la blague.

- Essaye les deux tu verras c'que je te donnerai en retour va ! J'arrive !

- Ça va commencer, suis les vibrations et tu nous retrouves...

J'entrouvre les yeux sur ce décor verdoyant à la lumière du jour, que j'attendais tant. Je déplace mon sac entrouvert sur le rebord d'un muret et pieds nus droits dans mes bottes, je m'avance doucement et étire mon corps. Je croise le gardien du lieu : un renard peu farouche. Que veut-il au juste ? Il a l'air doux et malicieux. Il me regarde, je me sens piquée au vif, il rôde près de mon sac, puis trottine dans l'autre sens et s'arrête boire dans une cuve entre le lac et les toilettes sèches. Je lève la tête dans mon brouillard intérieur et perçois enfin tout autour, la puissance d'un jardin foisonnant sorti de terre. Parmi les nuances de verts saupoudrées par la rosée, du jaune et du violet sont en fleur. Une nuée d'abeilles virevolte au-dessus des mellifères. Adossés aux briques roses, une baignoire blanche fait tremper de l'argile rouge, de petits rangs sages sont dessinés et enfin je les aperçois : les géants trous béants ! Ils sont prêts depuis des lustres, ils espèrent bouche ouverte les graines et les racines promises pour changer d'échelle et agrandir la troupe qui pousse déjà en touffes joyeuses, chacune à leur rythme, ici et là. Je sens les vibrations se rapprocher, me tirant de ma rêverie du minuscule.

J'arrive alors jusqu'à l'immense endroit où tout se passe. Derrière la baie vitrée, je m'attendais à voir des tables et des chaises et l'ordre du jour affiché en grand mais à la place, j'entrevois Antoine en mouvement, tout tordu et souple sur le sol. Il a de l'argile rouge sur le visage. À quoi il joue ? Cela lui donne des allures de félin-gorille en voie d'extinction. C'est touchant et pudique, son sourire se cache mais ses yeux profonds reprennent de l'éclat.

J'aperçois des corps debout et silencieux, puis d'autres, plein d'autres, emmêlés ou solitaires dans les coins sur le parquet lustré par les tissus et les peaux. Je reconnais la personne qui est là avant tout le monde, elle est au milieu, c'est elle qui guide, elle fourmille sur le sol avec les yeux ouverts vers un au-delà sans prétention. Ses bras innombrables s'agitent comme des tentacules. Est-ce moi qui nage en plein délire ?

Ces amas de chairs bougent en lenteur, se laissent surprendre par quelques fracas, en chute savoureuse. Je suis derrière la vitre mais je sens les vibrations se faire de plus en plus fortes. Dans une cheminée de fortune, un tas de bûches s'embrase. Dans les instruments, voilà qu'ils soufflent à pleins poumons, provoquant des cris spontanés dans l'assistance.

Sur la table à l'entrée, un café et un seau d'eau. Un sourire dans le cœur et prise d'un élan, j'avale le premier et me renverse le deuxième sur le front. Toutes mes cellules me remercient et me font couler sur le parquet. Dans la lumière je m'emmêle, à travers les gouttes ma tête tourne, et sur les lattes mes pieds trouvent enfin le chemin vers un tourbillon de mouvements, non loin de l'argile rouge qui me teinte les cheveux et les poils.

Au bout d'un moment, les instruments s'arrêtent de souffler, alors le silence suspend le temps plus fort qu'un gong.

Je ne saurais décrire quel mot d'ordre a alors guidé cette horde de corps inconnus et familiers dans un bondissement, jusqu'à les faire rouler un à un, dans les trous béants du jardin. Je glisse avec eux et ma peau, ce rempart plein de trous, se mêle aux profondeurs. Nos visages craquent, se froissent et s'empilent, *brouillonnant* les frontières entre les tissus, la poussière de terre, l'eau, les peaux, les vers et les expressions. Le violet et le jaune des fleurs flottent comme chef d'orchestre et je n'y vois rien de mes yeux bleus mais tout me parait clair pourtant : c'était nous les graines à ce moment ! Étions-nous vraiment conscients que nous étions les terribles vivants, les volontaires à ce compostage géant et vibrant ? Jusque dans l'air, les nuages s'invitent et nous caressent, des racines grasses nous enserrent et au cœur des bruissements au goût d'humus, cette danse organique me ravit.

Soudain, j'inspire très fort comme à la surface de l'océan et claque des doigts - c'est un truc pour revenir au présent. Les premiers rayons du soleil me caressent le visage et j'ouvre les yeux.

- Cléa, Cléa, c'est l'heure de se lever... tu préfères un seau d'eau ou un café ? Me dit une voix sur le ton de la blague.

Antoine me fait un signe de la main qui m'invite à le rejoindre, je crois comprendre que l'événement va bientôt commencer.

J'ouvre la bouche pour lui répondre mais je ne ne peux rien prononcer. Où sont passés mes mots ?

Je me sens retournée et comblée à la fois. Un renard peu farouche passe devant moi en trottinant gaiement, avec mon poulpe sculpté entre les crocs. J'inspire très fort. J'ai du mal à atterrir dans ce corps ; le sol était-il trop mou, la nuit trop étoilée ? Suis-je déjà venue ici ? Où sont les trous béants ? Dans quel sens tournent les aiguilles ?

Un peu plus loin, au milieu de l'herbe, sont installés des tables et des chaises et les invités attendent patiemment, un café à la main. Antoine a mis un casque sur les oreilles et danse sur la bordure du jardin, avec les blaireaux comme improbables spectateurs qui jouent dans une baignoire blanche pleine d'argile humide. Un panneau en bois affiche l'ordre du jour « Humus, parlons-en ! ». Dire ? Redire ? Que dire ? Je crois bien que je serai absente à cette réunion...

Cléa Mosaïque

Qui est Cléa ?

Moussaillon ou capitaine de projets divers et variés, j'ai à cœur de tisser des liens.
J'essaye de choisir des mots, je vois ma vie comme une danse.

Je suis à l'aise avec les images métaphoriques telle que la mosaïque pour tenter de dire quelque chose de mon rapport au vivant ainsi qu'à l'harmonie endurante, réaliste et cabossée que je vois et ressens partout.

J'ai l'envie régulière de donner à voir et de mettre en lumière des projets qui ont du sens pour moi. J'alimente une boîte à outils et explorations vivantes pour savourer, rencontrer et relier. Du numérique au service de l'humain basé sur du vécu, comme vous le verrez sur mon site.

Pourquoi a-t-elle participé à ce recueil ?

J'ai un merveilleux allié de routes et de sentiers et sans doute quelques précieux animaux totem qui veillent sur moi. En tous cas c'est l'histoire que je me raconte et que je raconte dans ces pages. J'ai la joie de participer à ce recueil car il est une mosaïque au service du vivant, et nourrit mon élan partagé de remettre l'imaginaire et les récits au cœur des enjeux qui nous tiennent tous dans le même bateau.

<u>**Contact**</u> : www.cleamosaique.com

Fin de règne

Alors que le soleil termine sa course brûlante, l'atmosphère est écœurante, imprégnée de chaleur. L'obscurité naissante n'apporte aucun apaisement. Par bonheur, les chlorophylles des végétaux poursuivent leur cycle chimique envers et contre tout, et tentent grâce à la photosynthèse - phénomène prodigieux utilisant photons et dioxyde de carbone, molécule ô combien présente - d'apporter à la biosphère sa dose vitale d'oxygène. Mais pour combien de temps encore ?

Assise dans son hamac, seule et épuisée, Lou observe son environnement en grignotant un fruit. Elle a du mal à réguler la température de son corps. Son thermostat interne lutte contre un environnement difficile ; pourcentage élevé d'humidité et température de fin du monde, une combinaison dangereuse pour l'organisme, parfois fatale.

Lou vit dans un biotope singulier, quelque part en Amazonie, au creux d'un cordon vert luxuriant de milliards d'arbres ceignant la planète bleue. Jadis, il fut un fabuleux sanctuaire de la biodiversité. En dépit des efforts de certains pour préserver ce patrimoine primordial, parfois au péril de leur vie, la forêt tropicale amazonienne est balafrée de blessures purulentes, violée en une pincée d'années par une humanité dévoyée. Ces agressions ont entraîné des modifications profondes et irréversibles de son intégrité, et Lou en est le témoin.

Lou ne se souvient pas de la date de son arrivée ici. C'est si loin. Pourtant les sensations ressenties lors de ses premiers pas en ces lieux sont prégnantes. *Je vais m'en prendre plein les yeux,* avait-elle dit. Pourtant le sens le plus sollicité fut son ouïe. Aujourd'hui, il lui semble que ce n'est plus le cas. Tout a changé. Le singe hurleur n'est plus. Certains oiseaux se sont tus. Des centaines d'autres espèces animales les ont suivis dans un trépas annoncé. Ainsi, le bruissement intense et indescriptible qui l'avait tant surprise disparaît au fil du temps, sans à coup, petit à petit, en pente douce, un glissement inexorable. Néanmoins - cela la rassure-t-elle ? - des stridulations de grillons emplissent encore l'espace de douces sonorités à chaque crépuscule, l'accompagnant dans son sommeil.

À l'aube, Lou se prépare à remplir sa mission. Initialement, le cahier des charges était limpide. Pas facile à réaliser mais simple à comprendre. Recenser. Mammifères, reptiles, oiseaux. Pour la liste rouge. Établie au 20e siècle, elle égrène par catégorie les espèces menacées, et pour certaines éteintes. À la naissance de Lou, ce catalogue sordide était déjà long à pleurer et il s'est enrichi au fil des ans. Diplômée, elle a décidé de mettre ses connaissances de zoologiste au service de la structure en charge de ce terrifiant inventaire. Et depuis elle s'y attèle, inlassable. Au fil des expéditions, cette tâche funeste a fait naître en elle une obsession. Qui prend le nom de *Pteronura brasiliensis* : la loutre géante. Enfant, déjà, ce prédateur curieux et facétieux la fascinait. Lors de ses études, il est répertorié dans la catégorie *En danger d'extinction*. Elle a eu, malgré tout, la chance de l'observer dans son milieu naturel, de le dessiner et le peindre, de le photographier et le filmer. Une étude approfondie de ses comportements, de son organisation sociale, de son habitat, des images par centaines de cet animal sociable, joueur et peu farouche, longtemps chassé pour sa fourrure si particulière. Mais avec le temps, seul un millier d'individus subsiste, et alors que les murmures de la nature s'atténuent, ce nombre devient chiffre. Puis, de façon prévisible, au cours d'une mission, certains de ses collègues décident de le placer dans la case *Eteint à l'état sauvage,* n'ayant pu en dénombrer aucun représentant. Lou ne veut pas croire à sa disparition. Impossible que cet être intelligent n'ait pas réussi à s'adapter, à se faufiler à travers les mailles de la sixième extinction de masse. Depuis, portée par son intuition, elle cherche à le prouver, s'épuisant en marches forcées journalières, à l'affût autour des multiples rivières qu'elle a cartographiées.

Ce jour ne déroge pas à la règle ; elle quitte son nid, sorte de hutte végétale, pour poursuivre ses recherches, carte usée en main, ornée de gribouillis compris d'elle seule. Quelques semaines auparavant, elle a repéré des traces dans un coin difficile d'accès. Un seul individu. Peut-être deux. Exaltée par cette découverte incroyable, elle retourne plusieurs fois au même endroit, sans rien observer de plus. Mais elle persiste. Le chemin lui est maintenant familier et elle marche à travers le sous-bois sans appréhension. Rejoindre ce site lui demande plusieurs heures. Elle n'est plus aussi rapide qu'autrefois. Ses pieds la font souffrir, ses jambes ont du mal à la porter malgré sa maigreur. Elle s'arrête à de nombreuses reprises. Arrivée à destination, elle se fait discrète, scrutant les abords d'un cours d'eau tranquille. Dans l'attente, elle s'assoupit, assommée par la fournaise. Des cris distinctifs, mélange de feulements et d'aboiements, la sortent de sa torpeur. Elle scrute les hautes herbes d'où ils semblent provenir ; ses jumelles lui permettent d'être assez loin pour ne pas effrayer un éventuel spécimen. Des mouvements. Du bruit. Rien de significatif. Pourtant, elle est certaine d'avoir reconnu les vocalises, de toucher au but. Enfin. Mais déjà l'astre ardent entame sa descente vers l'horizon. Elle doit repartir. Confiante, elle a la conviction que les prochains jours seront décisifs. Épuisée, Lou regagne son foyer silencieux et sommaire. Un hamac tissé, une vieille table et des bancs bancals, des bidons, ce qui ressemble à une ancienne cuisine, des objets hétéroclites, vestiges d'une époque révolue.

    Lou est incapable de se rappeler depuis quand elle vit seule ici. Un foisonnement de bâtonnets gravés par groupe de cinq, à raison d'un par cycle de 24 heures, sur plusieurs planches vermoulues de son abri attestent de la réalité d'une durée palpable. Son cerveau enfouit cette information dans un compartiment clos et ne s'en soucie pas. Seules des bribes de sons et d'images la ramènent à l'avant. À ce jour où les membres de la mission ont dû quitter le campement, rappelés dans leur famille alors que le monde chancelle. Guerre ou épidémie ? Lou fouille les recoins de sa mémoire sans trouver de réponse. L'affolement saisit les scientifiques présents avec elle, les nouvelles ne sont pas bonnes, de cela elle se souvient. Cette hystérie ne la gagne pas, personne ne l'attend. Elle décide de rester. Après tout, ce qu'elle affectionne se trouve ici. Où pourrait-elle aller ? Pourquoi faire ? Dans un monde où le vacarme et la fureur des humains l'effraient, où elle n'a jamais trouvé sa place. Certains de ses collègues la supplient de quitter ce pays, leurs arguments ne la convainquent pas. Las, ils l'abandonnent à son sort, dans cette forêt hostile, promettent de lui faire parvenir des vivres en attendant leur retour, qui n'aura jamais lieu. Les contacts virtuels s'espacent. Et cessent. Son téléphone satellite appelle en vain, sonne sans que nul ne l'entende. Internet semble avoir cessé de fonctionner. Elle n'a aucune idée des événements qui se déroulent à des milliers de kilomètres ou plus probablement sa raison se drape du voile de l'ignorance. Comme pour les marques dans le bois, sa conscience ignore ces données, ne se focalisant que sur l'essentiel. Sa survie.

    Tout est différent depuis qu'elle a réalisé la première entaille avec son couteau. Les batteries alimentées par des panneaux solaires ont fini par trépasser, fin de vie. À partir de ce moment, tout ce qui était dépendant de cette technologie a périclité : ordinateur, téléphone, appareil photo. Ce qui nécessite de l'énergie est devenu inutile. Elle ne possède plus. Rien. Plus rien ne la rattache à son ancien univers. Par bonheur, aux images pixélisées, elle a toujours préféré celles archaïques fixées sur de la pâte de fibres végétales, et a dessiné de multiples espèces comme le comte de Buffon avait dû le faire. Cette marotte l'a sauvée. Ses crayons sont devenus si petits qu'ils sont inutilisables, mais sa réserve de papier n'est pas encore épuisée et le charbon de bois a remplacé les couleurs ; peu lui importe le matériel pourvu qu'elle puisse transcrire.

Dans la pénombre, après son frugal repas, elle saisit avec délicatesse une pochette cartonnée usée. Des dizaines de feuilles s'en échappent, fragments laiteux, sous les rayons pâles de la lune, d'une vie de passion. Elle sourit. Sa vue est mauvaise et elle distingue mal les traits esquissés autrefois. Néanmoins, chacun de ces carrés blancs recèle des trésors tatoués à jamais dans son esprit. De la pulpe de ses doigts humides, elle effleure ses croquis ; le noir poudreux s'étale sur la cellulose et se fixe sur son épiderme. Çà et là, de petites têtes aux oreilles rondes jaillissent, des détails de vibrisses téméraires, de pattes palmées ou de queue musclée et vigoureuse recouvrent la surface lisse. Certains dessins colorés plus anciens dévoilent le marron glacé de la fourrure imperméable et les tâches opalescentes au niveau de la gorge, dont les motifs sont propres à chaque individu. Lou se remémore sa première rencontre avec une loutre géante ; elle était majestueuse, confiante, arborant fièrement une cascade de poils clairs sous la babine et trônait sur une pierre émergée au milieu de l'eau. Un de ses plus beaux souvenirs. Si lointain. Plus que tout, Lou espère revoir ce spectacle. Elle ferme les yeux, et s'imagine revivre à nouveau ce bonheur. Allongée dans son hamac, serrant contre elle ses fusains, le sommeil l'attrape et l'emporte dans un monde onirique peuplé d'espèces disparues.

    Son corps bouillant la réveille. Des courbatures enserrent ses muscles et elle se lève avec difficulté. Ce n'est pas la première fois. Depuis longtemps déjà, une faiblesse générale s'est installée, amie fidèle et maléfique. Elle se sert un verre d'eau, son bidon est presque vide. Elle se fait violence pour se rendre à la rivière et le remplir. Et en profite pour se rafraîchir ; l'air lui semble plus irrespirable que jamais. Ou est-ce la fièvre qui lui donne cette impression ? Sa santé est déclinante, sa vie solitaire et rude a épuisé son organisme. Son cœur s'est rigidifié, usé par les peines contenues, les marches dans la forêt, la nourriture insuffisante, l'absence de soins. Assise sur une pierre à fleur d'eau, des pensées par dizaines l'agitent, lui brouillent les sens. Souvent, au petit matin, elle s'interroge. Aucun représentant de son espèce n'a jamais croisé sa route malgré les kilomètres parcourus chaque jour. Est-ce statistiquement possible au regard des milliards d'individus peuplant la Terre ? Pourquoi ses collègues ne sont-ils pas revenus ? Pourquoi personne ne s'est inquiété d'elle et de son devenir ? Quel monde trouverait-elle, plus en amont, plus en aval, plus loin, là où elle ne peut pas se rendre ? Ses questionnements vains l'épuisent, participent à son dépérissement. Déjà, la rivière l'apaise et lui redonne un peu de vitalité. Et son attention se reporte sur sa quête. Elle se saisit de ses affaires et prend la route, puisant son énergie dans des forces inconnues.

    Elle parcourt le chemin en plus de temps, plus difficilement que d'habitude. Enfin arrivée, elle se focalise sur sa tâche ; le guet est long et fatiguant. La journée s'étiole dans une sourde chaleur. À la nuit tombée, incapable de repartir, Lou reste sur place. Dort d'un sommeil désordonné, empli de songes sombres et fébriles. Se réveille encore plus faible et nauséeuse. Reprend son poste d'observation. Une autre aurore la surprend, puis une suivante. Aucun signe d'une loutre géante. Et pourtant, Lou sent sa présence ; elle est là, peut-être gênée par cette humaine, espèce inopportune dans cet écosystème bafoué par ses congénères. Lou lutte, s'épuise. Les végétaux dont elle se nourrit ne lui suffisent plus, elle n'a pas la force de pêcher. Seule sa volonté tend ses muscles, irrigue ses tissus, supporte son squelette. Seule sa pugnacité alimente son organisme. Elle tient. En dépit des hallucinations qui par moment la percutent, elle tient. Dans un état second, bercée par le bruit des flots et du vent dans l'épaisseur de la forêt, elle flotte entre deux intervalles. Dans un rai de photons qui s'est frayé un chemin à travers la canopée, Lou croit percevoir quelque chose. Le miroitement de l'eau. Les écailles d'un poisson en surface. Un rameau flottant. Non, il s'agit d'autre chose. Le reflet est brun, ondule à contre-courant. C'est elle. Un plongeon et un petit couinement annoncent sa venue. La loutre jaillit, force puissante de la nature, et prend place sur un rocher, ses pattes palmées positionnées telles celles du Sphinx. Son corps robuste adapté à la nage est recouvert d'un pelage brillant, son museau frétille, ses moustaches se meuvent, petits fils de soie dans la brise, et ses yeux scrutent les alentours. Lou s'est redressée devant ce tableau irréel, comme celui de ses souvenirs ; elle peine à retenir ses larmes. Son émotion est indicible. Le monde se fige quelques nanosecondes, de façon imperceptible, sur cette rencontre improbable entre deux êtres que tout oppose.

L'histoire de la Terre traverse leurs cellules, les renvoient à une autre époque faite de lumière, de cohabitation saine et respectueuse, à une époque révolue d'homéostasie, d'équilibre des systèmes et des forces des instincts. Lou ne peut détacher son regard de cette noble créature. La loutre géante n'est pas effrayée ; pourquoi le serait-elle, elle n'a que peu de prédateurs et l'homme n'en fait plus partie. De cela Lou n'a pas conscience. Lou ne peut appréhender la teneur, la profondeur de cette vérité. Elle ne peut comprendre que la page est tournée pour les êtres humains. Curieusement, seule la loutre semble le concevoir. Derrière l'animal, brisant la quiétude du moment, deux loutrons bondissent dans un tourbillon d'eau et d'harmonie joyeuse, et viennent se coller à leur mère.

En même temps que les larmes roulent sur son visage, une sensation intense qu'elle ne réussit pas à identifier envahit Lou ; une anomalie électrique s'empare de son cœur, les battements de l'organe sont anarchiques, comme si le liquide s'échappant de ses paupières la vidait de ses dernières particules de vitalité. Alors que son rêve se réalise, que sa quête trouve son issue, son existence s'achève dans un monde inversé. Sous les yeux indifférents de la loutre géante, qui a trouvé les ressources nécessaires à sa perpétuation, Lou retourne à la Terre.

Céline Picard

Qui est Céline ?

Céline Picard est l'auteure d'un premier roman policier, *Le châtiment du sang* publié aux éditions Novice (prix du polar non publié, février 2022).

Pourquoi a-t-elle participé à ce recueil ?

Je suis née il y a un demi-siècle en Lorraine là où les quiches et les mirabelles sont à l'honneur. Enfance heureuse, durant laquelle animaux et grands espaces sont des amis très présents. Grâce à cette chance, à mon éducation, et certainement à ma formation en biologie, j'ai un profond respect pour la nature. Mais celle de mes souvenirs n'est plus la même. La biodiversité, le vivant se meurt. Sous nos yeux. Malheureusement, je suis loin d'être une humaine vertueuse. J'essaie de m'extraire de cette société de surconsommation, d'utiliser mes pieds plutôt que les chevaux de mon véhicule, de ramasser les déchets malencontreusement laissés sur les chemins de colline, d'adopter mes toutous dans un refuge, de mettre une coupelle d'eau à disposition des animaux qui le souhaitent lors des canicules ou encore de ne plus prendre l'avion. Mon engagement est fait de petites actions, qui, parfois, me paraissent bien dérisoires face à l'ampleur de la tâche. Aussi, je remercie l'opportunité qui m'a été donnée de participer à ce recueil et ainsi me permettre d'ajouter une bonne action à cette liste que je tente à tout prix d'allonger.

Aujourd'hui j'ai deux fois cent ans, regardez comme je n'les fais pas.

Certes ma peau n'est plus si tendre, j'ai des rides jusqu'au bout des doigts.

J'ai vu grandir, là sous mes yeux, des êtres de toutes les formes,

Des rossignols, des rouges-queues,
Des roseaux, du lierre ou des ormes.
J'ai vu naitre des campagnols,
J'ai vu des renards les traquer,
J'ai vu pousser, là, sur le sol,
Des campanules, des églantiers,
J'ai vu des insectes mourir,
Des fleurs et des feuilles se faner,

J'ai vu leurs cadavres nourrir la terre qui les nourrissait.

Et vous, je vous ai vu courir… Après je ne sais quelle idée,

Vous, je vous ai entendu rire, d'un rire énorme d'ogre affamé.

Ne dites plus : l'homme est un porc,
C'est faire injure à leur espèce.
Les porcs ne répandent pas la mort,
N'ont jamais mis vos femmes en laisse.
N'ont jamais changé vos enfants
En morceaux de viande tranchées,
Eux n'ont jamais fait du vivant une matière à monnayer.

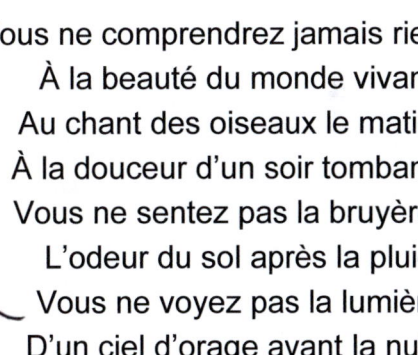

Vous ne comprendrez jamais rien
À la beauté du monde vivant,
Au chant des oiseaux le matin,
À la douceur d'un soir tombant,
Vous ne sentez pas la bruyère,
L'odeur du sol après la pluie,
Vous ne voyez pas la lumière
D'un ciel d'orage avant la nuit.
Vous ne voyez pas la finesse, la dentelle des plumes des oiseaux,
Encore moins la délicatesse d'une libellule sur un roseau.
Vous n'entendez pas le roulis des galets dans l'eau du torrent
Vous ne voyez pas la magie dans la croissance d'un champignon.

Vous êtes sourds. Sourds au silence des oiseaux qui n'existent plus.

Vous êtes aveugles à l'absence de tous les êtres disparus.

Ceux-là ne reviendront jamais, vos enfants ne sauront rien d'eux,

Et pire même, ils vont s'habituer au vide qui s'étend peu à peu.

Ne dites plus : l'homme est un fauve,
C'est faire injure au monde sauvage.
Avez-vous déjà vu un fauve
Mettre le reste du monde en cage ?
Les fauves n'ont jamais mis vos têtes
En trophée accrochées au mur.
Les fauves n'ont jamais fait conquête de larmes de sang ou de torture.

S'il vous reste une chose à sauver, ce n'sera sûr'ment pas votre conscience,

Et comme votre idée du progrès semble' n'avoir cure des conséquences

Barrez-vous donc de cette planète, il n'y a plus rien à détruire,

Laissez-nous terminer vos miettes, il n'y a plus rien à construire.

Laissez-nous une dernière chance
De renaitre de votre chaos,
Faites bon usage de votre science
Sur laquelle repose votre égo,
Usez-donc de votre cerveau
Pour vous casser de notre caillou,
Prenez vos machines, vos robots, vos armes, vos fusées, vos joujoux.
Allez-vous faire mettre sur orbite, avec vos grandes et belles idées,
Votre intelligence sans limite et votre rire d'ogre affamé.
Et n'oubliez pas vos déchets, semez-les dans la galaxie,
Il reste encore ça à gâcher, la beauté des étoiles la nuit.

Aujourd'hui j'ai deux fois cent ans, regardez comme je n'les fais pas.
J'ai des rides jusqu'au bout des branches,
Ma sève coule sous mon bois,
Mes racines cherchent sous le sol,
L'eau que vous avez épuisée,
Mes feuilles racornies s'envolent
Dans le vent de votre brasier.
Regardez mon écorce se fendre,
J'étais le dernier arbre vivant,
Regardez-moi tomber en cendres… Vous serez bientôt les suivants.

Fanny Pierot

Qui est Fanny ?

J'exerce comme artiste plasticienne auprès d'un public très varié, de la maternelle à la maison de retraite en passant par l'hôpital et les centres sociaux.

Ma formation initiale dans l'éducation populaire, combinée à mes interventions dans le secteur social, médico-social et sanitaire, me permettent de construire des ateliers créatifs adaptés à chacun, quel que soit son niveau d'autonomie, son âge ou son handicap.

Inspirée du street art, de la bd, de l'art populaire, ma volonté est avant tout de rendre l'art vivant et la créativité accessible à tous.

Pourquoi a-t-elle participé à ce recueil ?

Je m'engage depuis quelques années dans des projets autour de la sauvegarde du vivant. Autant dans ma vie personnelle que professionnelle je tente de changer ma façon d'être au monde, ma façon de vivre et de travailler. La question de l'effondrement de la biodiversité est devenue centrale dans mes préoccupations, et j'essaie maintenant, tant bien que mal, de transmettre tout cela dans mon travail.

Contact : www.fannypierot.fr

La cour des miracles

Éloge des p'tites bêtes qui souvent nous embêtent...

Où sont donc passées les petites bêtes écrasées sur nos phares ? Depuis des années les biologistes et les militants alertent au sujet de la perte massive de la biodiversité, et l'illustrent parfois en citant ces milliers d'insectes qui s'écrasaient *avant* sur les phares et les pare-brises des voitures. Ils pensent en pédagogues que les gens réaliseront mieux ainsi, car tous les plus de vingt ans ont vécu cette expérience.

On s'arrêtait sur la route des vacances pour nettoyer la voiture à la raclette. Mon père en profitait pour nous donner une leçon d'entomologie. Les plus gros, souvent des papillons de nuit, des sphinx à tête de mort, quelques libellules parfois, surnageaient de la bouillie informe des moustiques, moucherons et autres éphémères. Je pouvais les identifier, ils sortaient de la masse. Ils devenaient des êtres sensibles que je pouvais appeler par leur nom.

Plus grande, je ressentais toujours une seconde de désespoir profond en passant l'éponge fournie par la station-service sur le phare ou le pare-brise. Et puis je fermais les yeux. Ressentir de l'empathie pour un être vivant, et puis trouver normal de le voir mort, une trace insignifiante qu'il nous incombe de nettoyer. Banaliser pour survivre.

Mais pour tordre le cœur du public et lui faire prendre conscience, voire envisager de changer quelque chose à sa vie quotidienne, mieux vaut une vidéo de koala enfumé dans un incendie en Australie, un bébé panda où un ourson blanc comme la neige agrippé aux mamelles de sa mère. Car plus c'est loin – ou différent de nous – moins l'empathie se déclenche, c'est un fait scientifiquement prouvé. Les insectes et leurs cousines, petites bêtes à mille pattes, comme les araignées et les cloportes, ou sans pattes, comme les limaces et les vers, n'ont pas bonne presse. Bien sûr il y a les papillons, les coccinelles et les abeilles. Mais les phobies commencent aux papillons de nuit et aux sauterelles. Les plus sympas des insectes le sont quand ils sont isolés. Ou lointains. Un nuage de papillons à l'autre bout du monde, une merveille. Une sauterelle verte sur une herbe folle, si vous avez encore la chance d'en avoir quelques-unes ayant échappé aux pesticides et aux robots tondeuses, c'est beau. Mais les criquets en nuée qui cherchent désespérément à se nourrir en Afrique à cause du réchauffement climatique, et voici revenu le fantasme des plaies divines.

Les insectes et autres petites bêtes nous paraissent souvent horribles, répugnants, envahissants. Source de fantasmes morbides, comme les vers et les mouches, ou sexistes, comme la veuve noire ou la mante religieuse. De raccourcis racistes comme les cafards.

Il y a celles qui piquent, il y a ceux qui grouillent, Il y celles qui nous harcèlent, il y a ceux qui bavent. Guêpes, araignées, cafards, mouches, limaces. A tuer à cause de leur nature irrécupérable, inutile, nuisible, démoniaque. Objets privilégiés du dégoût, de phobie. Très loin de notre nature. Essentiellement mauvais. *Fermer toutes les portes de la maison et faire venir un homme qui balancera du gaz partout jusqu'à ce que plus rien ne bouge.*

Comment ai-je pu oublier ? Comment une espèce, dix espèces, cent espèces ont-elles pu disparaître de ma vie sans que je ne m'en rende compte. Cela fait longtemps - quand exactement ? - que je ne m'arrête plus sur le bord de la route des vacances pour éclaircir le pare-brise et les phares. Je crois ressentir qu'il y a eu un temps de transition. Et puis plus rien. Ce paradoxe difficile à vivre qui faisait de chaque joyeux départ en vacances un holocauste annoncé n'existe plus. Le génocide qui me bouleversait quand j'étais petite au point de me faire haïr la voiture coupable, cette extinction massive n'a plus cours chez nous. Faute d'insectes à génocider.

Il reste les hérissons, les chouettes, les chauve-souris et les crapauds pour s'étaler sous nos pneus ou éclabousser nos parebrises de leur sang. Ils payent un énorme tribut, aux autoroutes en particulier. Mais pour combien de temps, sachant qu'une chauve-souris a – au maximum – un bébé par an ?

Depuis une dizaine d'années les buissons fleuris autour de ma maison se sont vidés des milliers d'abeilles et de papillons qui les transformaient au Printemps en buissons chantants. Là ça a été dur. Là, le déni a fait place à la rage. En parallèle, autour de nous, les champs de maïs rudement aspergés de glyphosate devenaient rouges de honte.

Pourtant les insectes et autres petites bêtes ont toute leur place, ils sont la base de la biodiversité terrestre. Premier échelon visible sans lequel plus rien n'existe. Ni les oiseaux, ni les arbres fruitiers, ni les cultures, ni les forêts. Ni les hommes.

Espoir enfin. Car ce sont les premiers à revenir lors des destructions humaines massives comme celles créées par la bombe ou les centrales atomiques. Merci petite araignée, courageux scorpion, d'accepter de reconquérir ces terres brûlées, tels les bagnards et les vagabonds envoyés coloniser les zones ressenties comme les plus hostiles !

Et sachant cela ?

Je ne peux même plus tuer une mouche.

Claire Sibille
Présentation de l'auteure page 17

Illustration de l'article : *Marie Garin*

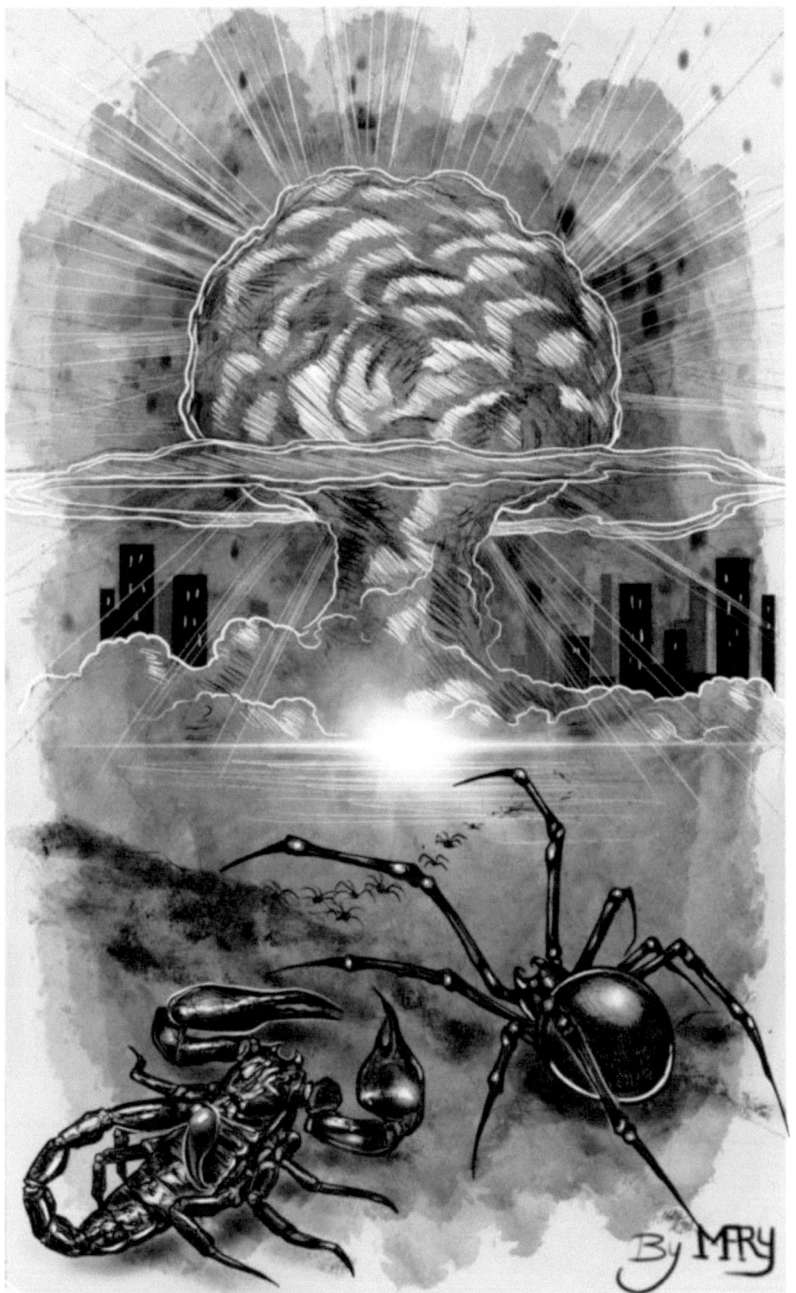

Qui est Mary ?

Tatoueuse de métier depuis 2010, le fondement de mon travail est de mettre mon dessin au service des émotions de mes clients. Mais s'il y a bien un thème qui m'émeut particulièrement, c'est le thème animalier. Depuis toujours je suis tout particulièrement sensible à la cause animale.

Lorsque que quelqu'un demande à graver dans son corps un animal, c'est toujours pour représenter son moi profond, la partie fondamentale de sa propre personnalité. Il m'arrive souvent de penser que si les gens voyaient la faune et sa protection de la même façon que lorsqu'ils se font tatouer, c'est-à-dire comme une partie essentielle d'eux-mêmes, le monde tournerait plus rond.

Pourquoi a-t-elle participé à ce recueil ?

On m'a demandé de raconter ici mes motivations à la bio- diversité, mais que dire à part que c'est une évidence ? La biodiversité, c'est l'air que l'on respire, le sol que l'on foule de ses pieds, notre environnement tout entier. Comment ne pas souhaiter que nos enfants puissent connaître la même faune que j'ai découverte, avec émerveillement, petite ? Comment ne pas rêver d'une terre qui puisse offrir les mêmes trésors naturels aux prochaines générations ?

Contact : Instagram : @mary_d_eau_douce

Bibliographie commentée

CARLSON Rachel. **Printemps silencieux.** Wild Project, Réédition, mai 2022

Un livre fondateur de l'écologie, paru en septembre 1962, pour ne pas oublier que la conscience est lente à venir, mais heureusement pas pour tout le monde. Réédité par Wild Project (https://wildproject.org/), une petite maison d'édition entièrement dédiée à l'écologie.

COCHET Gilbert et KREMER-COCHET Béatrice. **L'Europe réensauvagée : vers un nouveau monde.** Actes Sud, Mondes sauvages, 2020.

COCHET Gilbert et DURAND Stéphane. **Ré-ensauvageons la France, plaidoyer pour une nature sauvage et libre.** Actes Sud, Mondes sauvages, 2018.

Professeur agrégé des Sciences de la Vie et de la Terre, Gilbert Cochet propose les zones de libre évolution pour la sauvegarde et le développement de la biodiversité.

COLLECTIF. **Des vivants et des luttes. L'écologie en récits.** Wildproject/Littérature, 2022.

Un recueil qui n'est pas sans faire écho à celui que vous tenez entre vos mains. Un voyage passionnant, et parfois difficile, à travers les grands chantiers de l'écologie depuis les années 60 jusqu'à aujourd'hui. Les combats oubliés qui ont pourtant déformé durablement notre planète et ses habitants, y compris humains. Et les combats d'aujourd'hui.

DESCOLA Philippe. **Par-delà nature et culture.** Paris, Gallimard, Bibliothèque des sciences humaines, 2005.

DESCOLA Philippe. **La composition des mondes.** Flammarion, Champ essais, 2020.

DESCOLA Philippe, PIGNOCCHI Alessandro. **Ethnographies des mondes à venir**, Seuil, Anthropocène, 2022.

Les relations entre humains et non-humains ne sont pas les mêmes partout dans le monde. Philippe Descola, anthropologue, en témoigne à travers son expérience avec les Achuars d'Amazonie, et propose des pistes pour repenser notre rapport au vivant.

DE WAAL Frans. **La dernière étreinte. Le monde fabuleux des émotions animales... et ce qu'il révèle de nous.** Les Liens qui Libèrent, 2018.

DE WAAL Frans. **Sommes-nous trop « bêtes » pour comprendre l'intelligence des animaux ?** Les Liens qui Libèrent, 2016.

DE WAAL Frans. **L'âge de l'empathie, leçons de nature pour une société plus apaisée.** Les Liens qui Libèrent, 2010.

Les livres de Frans De Waal sont des incontournables pour qui s'intéresse à l'éthologie animale... et humaine ! Il est un des combattants universitaires qui tente depuis le début de montrer les liens entre l'homme et l'animal, aussi critiqué, encore maintenant, que Darwin...

DION Cyril. **ANIMAL.** Actes Sud, Domaine du possible, 2021.

Un grand communicant français : écrivain, réalisateur, poète et militant écologiste, un de ceux grâce à qui les mentalités évoluent.

Le film « Animal » est aussi à voir. Il met en scène de tous jeunes gens face aux interrogations écologiques actuelles.

GIROUX Valéry. **L'Antispécisme.** Que sais-je ?, 2020.

MARTIN Nastassja. **Les Ames sauvages. Face à l'occident, la résistance d'un peuple d'Alaska.** La Découverte, 2016.

MARTIN Nastassja. **Le temps du rêve.** Le 1 Hebdo. Sobriétés. Comment changer les imaginaires ? N° 414, 14 Septembre 2022.

Anthropologue spécialiste des populations du Grand Nord, connue pour son récit « Croire aux Fauves ». Son article témoigne de l'importance de créer et d'écrire de nouveaux récits pour transformer le monde.

MORIZOT Baptiste. **Manières d'être vivant. Enquêtes sur la vie à travers nous.** Actes Sud, 2020.

MORIZOT Baptiste. **Raviver les braises du vivant. Un front commun.** Actes Sud, 2020.

Enseignant-chercheur en philosophie, son travail porte sur les relations entre l'humain et le reste du vivant.

RICARD Matthieu. **Plaidoyer pour les animaux.** Pocket, 2014.

Moine bouddhiste, par ailleurs docteur en génétique, il a inventé le terme de « zoocide » désignant l'équivalent du génocide, mais en ce qui concerne les animaux.

SAFRAN FOER Jonathan. **Faut-il manger les animaux ?** Éditions de l'Olivier, 2011.

Écrivain américain, il plaide contre l'élevage et l'abattage industriels des animaux.

<u>Et bien sûr :</u>

Vocation : l'animal sujet de droit, propositions pour de nouveaux horizons. Animal Cross – 192 pages. A commander sur le site d'Animal Cross : <u>www.animal-cross.org</u>

Un livre très complet, en particulier sur la réalité de la chasse en France, mais aussi sur les animaux qui en sont victimes, ainsi que sur la création de sanctuaires de la vie sauvage, les zones de libre évolution. Pédagogique et passionnant.